Laura Bormann

World Wide Wilma: #Beste Freundin oder Follower?

Roman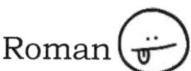

Impressum

Bibliografische Information der Deutschen
Nationalbibliothek:
Die Deutsche Nationalbibliothek verzeichnet diese
Publikation in der Deutschen Nationalbibliografie;
detaillierte bibliografische Daten sind im Internet über
http://dnb.dnb.de abrufbar.

Herstellung und Verlag: BoD – Books on Demand,
Norderstedt

ISBN: 978-3-7578-6206-0

#1 Der Doppel-Kanal

„Weißt du Wilma, eigentlich finde ich die Schule viel zu anstrengend",
murmelt Leonie und schaut in den blauen Himmel. Ich kichere. Es hat auch ganz schön lange gedauert, ihr die Mathe Hausaufgaben zu erklären.
„Nein, ich meine es ernst, Wilma. Ich glaube, ich mache das Abitur nicht."
Ich drehe mich zu ihr um und falle fast aus der Hängematte. Wir haben es uns in unserem Garten gemütlich gemacht, und während ich in der Hängematte liege, sitzt Leo auf meiner roten Picknickdecke daneben.
„Ich dachte immer, du willst Kinderärztin werden? Da brauchst du aber Abitur. Und sonst müsstest du dich in ein paar Monaten schon entscheiden, welche Ausbildung du machen willst.

Weißt du denn schon ganz genau, was du mal werden willst?", frage ich und schaue Leo ernst an.

„Kinderärztin wäre schon toll. Aber die Uni soll viel anstrengender als Schule sein. Und eigentlich wäre ich lieber ein Internet-Star", sagt Leo und schnappt sich eine Weintraube von unserem Obstteller. Ich kann nicht anders und lache los.

„Du meinst wie Babsi von Babsis Beauty Palace? Oder diese Zwillinge? Das ist ja ober peinlich."

Ich denke daran, dass auch ich regelmäßig online Videos von Babsis Beauty Palace schaue. Und von ähnlichen „Stars". Aber selbst Videos drehen und veröffentlichen? Darüber habe ich noch nie nachgedacht.

„Überleg doch mal, Wilma. Du drehst 1-2mal pro Woche ein Video, kümmerst dich ein bisschen um deine Fans und machst etwas Werbung. Dann kannst du damit sogar Geld verdienen. Und die Leute auf der Straße werden dich erkennen und nach Autogrammen fragen! Das muss ein wundervolles Leben sein", seufzt Leo. Ich mache die Augen zu und schaukele sanft in der Hängematte hin und her. Ich stelle mir vor, wie ich in einer schwarzen Limousine zur Schule gefahren werde und selbst die Lehrer mich nach Autogrammen fragen.

„Und du meinst, das ist so einfach?", frage ich Leo, die den Obstteller mittlerweile restlos leer gefuttert hat.

„Naja, so einfach bestimmt nicht. Aber Videos zu drehen und hochzuladen kostet ja nichts. Man braucht nur einen ausgefallenen Namen und ein paar lustige Ideen. Der Rest kommt bestimmt von selbst."

Ich nicke und stehe aus der Hängematte auf. Mittlerweile stehen am Himmel nicht mehr schneeweiße Wattewolken, sondern dunkle Regenwolken.

„Dann lass uns morgen in der Pause eine Liste mit ausgefallenen Namen für unsere Kanäle machen", sage ich und rolle mit Leonie die Picknickdecke zusammen.

„Das heißt, du machst mit?", fragt sie. Ich nicke.

„Klasse Wilma! Dann können wir auch zusammen Videos drehen und uns gegenseitig verlinken und sowas!", sagt Leo.

„Wie, verlinken? Was meinst du?", frage ich und merke, dass Leo deutlich mehr Ahnung von dem ganzen Kram hat.

„Erkläre ich dir morgen. Wenn ich nicht komplett nass werden will, sollte ich schnell nach Hause fahren!", ruft Leo, schwingt sich auf ihr Fahrrad und fährt los.

Ich gehe in mein Zimmer und fahre meinen Laptop hoch. Ich klicke mich durch die Kanäle, die ich oft schaue. Babsi von Babsis Beauty Palace hat ein neues Video hochgeladen. Es geht um Outfits, die man zu einem ersten Date tragen könnte. Statt das Video einfach nur zu schauen, achte ich ganz besonders darauf, wie es gemacht worden ist. Leider habe ich nicht viel Ahnung davon. Bestimmt wird so ein Video professionell geschnitten und bearbeitet. Ich schaue zu meinem Kleiderschrank hinüber. Solche Designerklamotten wie Babsi habe ich nicht zu bieten.
Aber ein paar schicke Outfits könnte ich schon zusammenstellen. Leo hat viel mehr Klamotten als ich, weil ihre Mutter in einem Modegeschäft arbeitet und ihrer Tochter ständig was mitbringt. Vielleicht könnte man meine und Leos Sachen einfach kombinieren? Vielleicht ist es sogar noch besser, wenn wir gemeinsam einen Kanal gründen.
„Wilma&Leos Beauty Palace", oder so.

Genau diesen Vorschlag werde ich Leo morgen vor der ersten Unterrichtsstunde unterbreiten.

Am nächsten Morgen fahre ich extra ein paar Minuten früher in die Schule, um Leo von meiner Idee zu erzählen. Das hätte ich mir aber auch sparen können, denn Leo springt genau 10 Sekunden vor Unterrichtsbeginn hechelnd auf ihren Platz.

„Ich wollte dir was vorschlagen", flüstere ich und schaue dabei in mein aufgeschlagenes Deutschbuch.

„Was?", fragt Leo, ohne dabei zu flüstern. Herr Berg, der Deutschlehrer, schaut streng in unsere Richtung.

„Einen Doppel-Kanal!", flüstere ich zurück.

„Ein Doppel was?", fragt Leo etwas zu laut.

„Gutes Stichwort, Leonie! Wilma und du, ihr könnt jetzt beide an die Tafel kommen und die Wörter konjugieren. Im Doppel quasi. Doppelt. Wie das doppelte Lottchen", sagt Herr Berg und die Klasse lacht. Leonie schaut mich böse an. Als wenn das meine Schuld gewesen wäre. Nachdem wir sämtliche Wörter in allen Zeitformen konjugiert haben, finde ich in der Pause endlich Zeit, Leonie zu fragen:

„Meinst du, es wäre nicht einfacher, wenn wir zusammen einen Kanal gründen? Dann hätten wir quasi die doppelte Erfolgschance!"

Leonie schüttelt den Kopf.

„Oh nein, das geht gar nicht. Was ist, wenn du plötzlich merkst, dass das Ganze gar nichts für dich ist? Und dann muss ich den Kanal löschen und du ruinierst meine Karriere!", beschwert sich Leo. Ich schaue sie mit großen Augen an. Wie sie das Wort „Karriere" sagt.

Als wenn sie schon ein Star wäre. Leo bemerkt meine Sprachlosigkeit.

„Okay, lass uns einfach zwei Kanäle gründen, zusammen Videos drehen und den anderen in unseren eigenen Videos erwähnen. Kooperation nennt man das glaube ich. Das ist das Beste für uns. Vielleicht wirst du ja auch viel berühmter als ich!", meint Leonie und kramt ihr Schulbrot aus der Tasche. Ich nicke. Vielleicht werde ich ja wirklich berühmter als Leo.

„Dann müssen wir uns jetzt endlich unsere Namen ausdenken!", sage ich und krame einen Schreibblock aus der Tasche. In der Mitte vom Blatt ziehe ich einen langen Strich, sodass wir jeder eine Spalte mit Namensvorschlägen vollschreiben können.

„Es darf nicht so abgekupfert klingen!", sagt Leo und spuckt dabei kleine Teile von ihrem Pausenbrot in meine Richtung.

„Es wäre ja auch vorher wichtig zu wissen, worüber wir Videos machen wollen. Wenn man nur Videos über Mode macht, kann man sich ja Wilmamodel nennen oder so", meine ich und kaue an meinem Stift.

„Wilmamodel? Hahaha. Nein, das muss cool klingen. LifestyleWilma oder sowas. Oder Wilmas Beauty Palace."

Ich schaue Leo grimmig an, weil sie über meinen Vorschlag lacht.

„Ich glaub, ich hab's", sage ich. Leo guckt mich erstaunt an, während sie schon das zweite Brot aus ihrer Dose holt.

„Los, sag schon!", meint sie und beißt vom Brot ab.

„Wilmas Welt!", schreie ich fast und zucke zusammen, als ein paar Fünftklässler in unsere Richtung schauen. Den Namen könnt ihr euch schon mal vormerken, denke ich und warte auf Leos Reaktion.

Leo klatscht in meine Hand. „Bingo! Jetzt brauchen wir nur noch einen Namen für mich", meint sie. Doch damit müssen wir wohl noch warten, da es in genau diesem Moment zur nächsten Stunde gongt.

Während des Geschichtsunterrichts füllen wir das Blatt Papier mit allerhand Namensvorschlägen für Leo.

„LeoLove" gefällt Leonie am besten. Ich finde allerdings, dass das irgendwie billig klingt. Und so gar nicht passend für den Kanal einer 16-Jährigen. Am Ende entscheiden wir uns für „PrincessLeo".

„Und wie geht es jetzt weiter? Kann ich jetzt schon ein Video hochladen?", frage ich Wilma kurz nach Schulschluss.

„Wilma, manchmal denke ich, du heißt nicht ohne Grund genauso wie deine Oma", gluckst Leo.

Ich gucke sie genervt an.

„Ich schlage vor, du kommst jetzt mit zu mir. Dann erstellen wir unsere Kanäle. Und danach können wir Videos hochladen." Ich nicke. Das klingt nach einem guten Plan.

Etwa 15 Minuten später parken wir unsere Fahrräder vor Leonies Haus. Es ist ein mittelgroßer Neubau am Stadtrand. Ihre Mutter hat den Vorgarten perfekt symmetrisch bepflanzt. Alles sieht sehr gepflegt und akkurat aus. Bis auf Leos Zimmer, denke ich, als ich vergeblich einen freien Platz für meine Schultasche suche.

„Schmeiß einfach irgendwo hin!", ruft Leo und fährt ihren Laptop hoch.

Ich schmeiße meine Tasche auf einen Haufen dreckige Wäsche und quetsche mich mit Leo auf ihre kleine Couch. Sie wippt ungeduldig mit dem Fuß, während ihr Laptop irgendwelche Updates macht. Vielleicht muss der sich auf unsere bald explodierenden Kanäle vorbereiten, denke ich und grinse. Leo haut gegen den Bildschirm.

„Mann, alter. Immer wenn man was Wichtiges machen will. Ich habe irgendwie schon wieder Hunger. Ich geh mal kurz runter und hole Snacks", sagt Leo und verschwindet in der Küche. Gute Idee. In der Zwischenzeit ist der Laptop fertig und ich rufe schon mal die Seite mit den Videos auf.

Babsi von Babsis Beauty Palace hat schon wieder ein Video hochgeladen. Diesmal ist es eine Challenge, bei der sie mit ihrem Freund auslost, welche ekligen Zutaten in einen Smoothie gemixt werden müssen. Und diese Zutaten sind nicht nur Obstsäfte oder Milch, sondern auch Sachen wie Essig oder Wurstwasser.

„Wurstwasser", murmele ich und verziehe das Gesicht.

„Nein, das habe ich nicht zu bieten. Aber Popcorn und Schokolade!", sagt Leo und balanciert ein vollgepacktes Tablett auf dem Arm. Jetzt wo sie zurück ist, kann es endlich losgehen!

„Ich weiß immer noch nicht, wie das jetzt gehen soll", sage ich und schnappe mir einen Schokoriegel.

„Irgendwo muss dieses Feld doch sein. Ah, hier. Kanal erstellen. Ich klicke mal drauf", sagt Leo und eine neue Seite wird geladen.

„Na siehst du, ganz einfach. Jetzt musst du nur noch deinen Namen eingeben, eine E-Mail-Adresse und dein Geburtsdatum. Und deinen Namen vom Kanal natürlich", liest Leo vor. Ich nicke und ziehe den Laptop auf meine Oberschenkel.

„Da steht Vor- und Nachname. Muss ich meinen richtigen Namen angeben?", frage ich Leo. Sie nickt.

„Ist das nicht gefährlich? Also wegen Datenschutz und sowas?", meine ich und beiße noch ein Stück vom Schokoriegel ab.

„Ach was. Die Stasi ist doch eh überall", sagt Leo und ich denke an die letzte Geschichtsstunde.

„Die Stasi gibt es doch gar nicht mehr!", sage ich und lache.

„Willst du jetzt berühmt werden, oder nicht?", fragt Leo und hört sich fast genervt an.

„Ja, schon irgendwie. Also gut, ich trage meinen vollständigen, echten Namen ein, den Kanalnamen und auch noch mein Geburtsdatum. Und dann klicke ich jetzt auf Kanal erstellen?" Leo nickt. Ich klicke und schließe andächtig die Augen. Dann greife ich Leos Hand.

„Das ist ein historischer Schritt! Bald werde ich berühmt sein. Und du auch, bald werden wir-" Leo unterbricht mich. „Wilma, der ganze Bildschirm ist rot", sagt sie. Ich öffne meine Augen und starre auf den Bildschirm.

„Da steht Error!", lese ich.

„Man muss mindestens 18 Jahre alt sein, um einen Kanal zu erstellen!"

#2 Einhundert Klicks

Leo und ich probieren noch den ganzen Abend lang, das „System" auszutricksen. Wir passen unsere Geburtsdaten an. Das klappt aber nicht, weil wir bei unseren E-Mail-Adressen unser echtes Alter hinterlegt haben.

Ich schlage vor, Leonies Mutter um Rat zu fragen, was Leo dazu bringt, auszurasten: „Spinnst du? Die dürfen nie was davon erfahren. Die würden nie erlauben, dass ich mich in der Öffentlichkeit präsentiere. Und deine Eltern erst recht nicht. Die mit ihrem Öko-Trip immer."

„Und wenn du berühmt bist, und deine Eltern zufällig deine Videos schauen?", frage ich.

„Das ist doch was anderes. Wenn ich erst einmal berühmt bin, werden sie voller stolz sein und mir das bestimmt nicht mehr verbieten", kontert Leo.

Bestimmt. Nicht. Ich beginne zu zweifeln, ob das mit den Kanälen eine gute Idee ist. Es ist mittlerweile fast 23 Uhr und ich habe noch nicht mal meine Hausaufgaben erledigt.

„Leo, ich muss nachhause. Lass uns morgen nochmal weiter probieren, uns anzumelden." Sie nickt.

„Geh du nur nachhause. Ich finde eine Lösung! Ich finde eine Lösung", sagt sie und klingt dabei wie ein hungriges Kleinkind vor dem Süßigkeitenregal.

Am nächsten Morgen sitzt Leo erwartungsvoll auf ihrem Platz und schaut mich vorwurfsvoll an. Ich sprinte direkt nach Herrn Berg in die Klasse. Zur Strafe, dass ich gestern so lange bei Leonie war, musste ich heute Morgen tonnenweise abwaschen.

„Du so spät?", wundert sich Leo und ich zeige ihr meine aufgequollenen Abwasch-Hände.

„Deine Hände sehen aus wie die deiner Oma", kichert sie und ich verbiete ihr, noch einmal den Vergleich mit meiner Oma zu wagen.

„Ist ja gut. Ach übrigens. Ich bin online!",
sagt Leo und grinst wie ein
überglückliches Honigkuchenpferd.

„Wie hast du das denn geschafft?", frage
ich. Sie grinst nur und zeigt mir heimlich
unter dem Tisch ihr Smartphone.

Darauf sehe ich ihren Kanal. In großen
Buchstaben ist deutlich „PrincessLeo" zu
lesen. Links davon sieht man ein Bild von
ihr. Über der ganzen Website ist ein großes
Foto im Querformat, auf dem der Strand
von ihrem letzten Mallorca-Urlaub zu
sehen ist.

„Wow!", raune ich.

„Woher hast du so ein tolles Foto von dir?
Und wie hast du es überhaupt geschafft,
dich anzumelden?", frage ich. Mittlerweile
bin ich nicht mehr die Einzige, die staunt.
Herr Berg steht an unserem Tisch und
starrt auf Leos Smartphone.

„Ich weiß ja nicht, ob es für euch eine
Sonderregelung gibt. Aber soweit ich mich
erinnern kann, sind Handys hier
verboten!", schreit er laut und zieht Leo
das Handy aus der Hand. Sie zuckt
zusammen. Ich auch. Aber statt sauer auf
Herrn Berg zu sein, redet sie bis zum
Schulschluss kein einziges Wort mehr mit
mir. Nach der letzten Stunde sprinte ich
hinter Leonie hinterher.

„Leo, warte doch mal! Ich konnte doch nicht ahnen, dass Herr Berg das mitkriegt! Bleib doch mal stehen! Leo!", hechele ich und halte mir den ganzen Bauch vor Seitenstechen.

Leonie trainiert regelmäßig in einem Leichtathletikverein.

Ich hingegen bevorzuge es, an einem Sonntagnachmittag gemütlich ein Buch auf der Couch zu lesen. Erst an den Fahrradständern hole ich auf, da Leo wie verrückt an ihrem Zahlenschloss rumdreht.

„Ich rede mit Herrn Berg. Du bekommst dein Smartphone doch wieder", sage ich und Leo schaut endlich zu mir auf.

„Das hoffe ich auch! Was ist, wenn er meinen Eltern den Kanal zeigt?", fragt sie besorgt.

„Das kann er gar nicht", grinse ich.

„Dein Telefon sperrt sich doch automatisch. Und Herr Berg würde niemals darauf kommen, dass *ichhasseherrnbergunddieschule111* dein Passwort ist." Endlich lacht Leo.

„Du hast Recht, Wilma. Dann muss ich meinen Kanal bis dahin von meinem Laptop aus pflegen." Ich nicke.

„Jetzt sag mir endlich, wie du es geschafft hast, den Kanal zu erstellen!", raune ich.

„Ich habe meine Cousine angerufen. Du weißt doch, die Cousine aus München. Sie ist vor einem halben Jahr 18 geworden. Und ich habe sie etwas überreden müssen, damit sie auch dichthält. Jedenfalls hat sie mir dann nach einer halben Ewigkeit eine Emailadresse unter ihrem Namen erstellt. Und zack-PrincessLeo ist online!" Leonie grinst wie ein Honigkuchenpferd. Ich muss zugeben, dass das ein ziemlich genialer Schachzug gewesen ist. Bleibt nur die Frage offen, wie ich mir selbst einen Kanal erstellen soll.

„Ich freue mich ja für dich, Leo. Aber ich finde es trotzdem schade, dass es bei mir nicht geklappt hat", jammere ich.

„Wilma von Wilmas Welt. Du musst an deinem Ton arbeiten. Niemand will jammernde Mädchen im Internet sehen!" Leo grinst.

„Es hat wirklich viele Überredungskünste gebraucht, aber meine Cousine hat noch eine zweite E-Mail-Adresse erstellt. Für dich, Wilma. Dafür musste ich den Kino-Gutschein abgeben, den du mir geschenkt hast", erzählt Leo. Jetzt grinse ich auch. „Egal! Ich lad dich auch so mal ins Kino ein. Das ist ja Klasse!", bedanke ich mich und umarme Leo.

„Jetzt steig endlich auf deinen Drahtesel, sonst vergeht der Nachmittag noch ohne, dass die Internet-Welt einen neuen, vielversprechenden Kanal bekommt!", sagt Leo und wir fahren gemeinsam zu mir nach Hause.

Zuhause angekommen, müssen wir erst einmal das Mittagessen über uns ergehen lassen. Meine Mutter hat Vollkorn-Gemüse-Lasagne mit Tofu-Hackfleisch gekocht.
Der Geruch löst leichten Brechreiz bei mir aus, ich schaffe es aber trotzdem, einen Teller leer zu essen. Leonie hingegen ist begeistert.
Oder tut sie nur so? Sie erwähnt während des Essens immer wieder, dass wir gleich dringend Hausaufgaben machen müssen. Mit dieser Taktik umgehen wir den Nachtisch, sodass meine Mutter ihren Hirse-Grießbrei mit ungezuckerten Himbeeren alleine verspeisen muss. In meinem Zimmer fahre ich in Ruhe meinen Laptop hoch, während Leo angestrengt im untersten Fach meines Kleiderschranks rumwühlt.
„Ich habe umgeräumt!", sage ich und zeige auf die oberste Schreibtischschublade, in der sich seit neustem unser geheimer

Vorrat an Süßigkeiten und Snacks befindet. Seit meine Mutter in ihrer Yoga-Gruppe auch Kochkurse anbietet, sind alle gewöhnlichen Nahrungsmittel aus unserem Haushalt verschwunden. Unter anderem Schokolade und alles was glücklich macht. Daher haben Leonie und ich ein geheimes Fach für alle verbotenen Dinge angelegt. Leo holt eine große Tüte Chips aus der Schublade und setzt sich neben mich auf mein Bett. „Ich brauche auch ein Profilbild!", fällt mir auf.

„Ja klar brauchst du das. Hast du keine schönen Bilder von dir?", fragt Leo.

„Von mir gibt es nur schöne Bilder! Naja, eigentlich habe ich keins, was annähernd so gut aussieht wie dein Profilbild", stelle ich fest.

„Das ist auch professionell aufgenommen worden. Meine Mutter hat sich zum Geburtstag gewünscht, mit mir zusammen ein Fotoshooting zu machen. Dabei ist das Bild entstanden", erzählt Leo.

„Dann muss ich sowas auch machen. Heute noch. Kann ich die Nummer vom Fotografen haben?", frage ich. Leo lacht.

„Und könnte ich dann bitte deine Kreditkarte haben?", flachst sie.

Ich verstehe nicht. „Das ist irre teuer! Außerdem mussten wir 3 Monate auf einen Termin warten. Lass mal, ich mache gleich ein schönes Foto im Garten von dir", raunt Leo.

„Fragt sich nur, womit? Dein Smartphone macht doch gerade Urlaub in Herrn Bergs Hütte!", lache ich. Leo vergeht das Lachen. „Du hast doch eine Digitalkamera." Ich nicke. Bevor das Fotoshooting losgeht, melden wir noch meinen Kanal an. Mit der Emailadresse von Leos Cousine klappt es problemlos. Als der Kanal erstellt ist, bin ich einerseits froh. Andererseits wundere ich mich, wie „nackt" alles bisher aussieht.

Bis auf den Namen „WilmasWelt" gibt es nur leere Fotos und keinen Text. Um das zu ändern, schminkt Leo mich und wir gehen in unseren Garten. Vor der großen Hecke macht sie Fotos von mir.

„Nein, Leo, das ist zu grimmig. Jetzt lach doch mal. Käse, Käse! Sag Käse!", schreit Leo und geht in ihrer Rolle als Fotografin voll auf. Meine Mutter sitzt auf der Terrasse und beobachtet das Spektakel. Beim Wort „Käse" wird sie als bekennende Veganerin hellhörig.

„Soja-Käse! Ich meine Soja-Käse! Sag einfach Spaghetti. Vollkorn-Spaghetti!", korrigiert Leo sich schnell. Das bringt mich zum Lachen.

Etwas später haben wir die Fotos vom Shooting auf meinen Laptop geladen und sortieren die verwackelten aus. Dann entscheiden wir uns für das schönste Bild. Ich stehe vor der Hecke und lache kräftig. Leo meint, dass das sehr authentisch aussieht und Wilmas Welt ja vor allem Freude und Spaß bringen soll. Ich finde, sie hat recht.

Wir laden das Foto hoch und wählen für das große Hintergrundbild ein Foto von einer Wiese aus. Leo hat mittlerweile die Chipstüte leer gegessen und reibt sich den Bauch.

„Ich hätte nicht gedacht, dass das so anstrengend ist!", meint sie und seufzt laut.

„Ich auch nicht. Aber ehrlich gesagt glaube ich, dass die ganze Arbeit jetzt erst anfängt", sage ich andächtig.

„Immerhin haben wir noch kein einziges Video hochgeladen!" Leo nickt.

„Das machen wir morgen. Ich bin hundemüde", gähnt Leo.

„Ich weiß noch gar nicht, worüber das erste Video handeln soll!", sage ich.

„Ich habe die letzten Tage stundenlang recherchiert. Viele dieser Stars stellen sich im ersten Video vor. Die erzählen, wer sie sind, was sie machen wollen und so. Man will ja auch wissen, mit wem man es zu tun hat. So als Zuschauer", meint Leo. Das leuchtet mir ein.

„Dann drehen wir morgen zuerst mein Video und ich überlege mir über Nacht, was es über mich zu sagen gibt!", lege ich fest.

„Morgen habe ich aber Leichtathletik-Training!", kontert Leo.

„Bitte! Ich kann das nicht alleine drehen. Wer soll denn die Handy-Kamera halten? Und keiner sagt so gut Soja-Käse wie du", überrede ich sie.

„Na gut. Das wird ja nicht den ganzen Tag dauern. Dann komme ich eben mal zu spät zum Training. Was man nicht alles für die Karriere tut", murmelt Leo. Ich umarme sie und schicke sie nachhause. Voller Vorfreude gehe ich ins Bett.

Den ganzen nächsten Morgen mache ich mir Gedanken darüber, was ich über mich zu erzählen habe.

Es fühlt sich merkwürdig an, der ganzen Welt von mir zu erzählen, schließlich könnten theoretisch Menschen aus der ganzen Welt das Video sehen. Meine dunkelsten Geheimnisse werde ich also nicht preisgeben.

Leo merkt meine Nachdenklichkeit, als sie vor meiner Tür steht.

„Du darfst bloß nicht so viel nachdenken, während wir das Video drehen. Sei einfach spontan und lustig, das ist das Beste!", meint sie und wir überlegen beide, vor welchem Hintergrund wir das Video drehen wollen.

„Babsi von Babsis Beauty Palace hat doch so ein weißes Regal mit Schminksachen im Hintergrund!", sage ich und schaue mich ausgiebig in meinem Zimmer um. Schminksachen habe ich zwar auch, jedoch kein weißes Regal. Und vor einem alten Regal aus Massivholz Videos zu drehen scheint mir doch etwas langweilig.

„Hör mal auf, alles an Babsi zu messen. Sie ist zwar wirklich erfolgreich, aber es gibt genug andere, die das auch sind!", erwidert Leo. Ich nicke. Wir entscheiden uns dazu, das erste Video vor der Wand zu drehen, an der mein Bett steht. So kann ich bequem auf dem Bett sitzen und sprechen. Leo und ich drapieren noch meine schönsten Kuschelkissen in den Hintergrund, sodass es gemütlicher aussieht. Wir dimmen das Licht etwas und schalten meine Lichterkette an. Endlich zückt Leo ihr Smartphone und startet die Kamera.

„Nein, setz dich weiter nach links. Nein, nicht so weit. Ja, genau. Jetzt siehst du aus wie eine Kartoffel!"

Ich mache, was Leo sagt und bin froh, als ich endlich einen Sitzplatz gefunden habe, der sie zufrieden stellt.

„Wenn ich *los* sage, dann legst du los. Und los!", schreit Leo. Ich zucke zusammen und fange an zu sprechen: „Ähm, hallo, ich heiße Wilma und bin 16 Jahre alt. Das ist mein Kanal Wilmas Welt und-"

Leos lautstarkes Lachen unterbricht mich.

„Was soll das?", schreie ich sie an.

„Naja, wenn du möchtest, dann nehme ich das so auf. Aber da ist ja jede Klassenfahrt nach Kleberdorf spannender!", lacht Leo. Ich gebe ihr ein Taschentuch, damit sie sich ihre Lachtränen abwischen kann und atme tief durch.

„Dann sag mir bitte, wie ich es besser machen kann, du Miss Oberschlau!", meckere ich.

„Zuallererst brauchst du eine coole Begrüßung. Du musst deine Community ja ansprechen", meint Leo. Aha. Meine Community.

„Ich habe doch noch gar keine Community!" entgegne ich.

„Weißt du Wilma, es gibt da so ein Sprichwort: Fake it till you make it, heißt das. Du musst einfach so tun, als wärst du schon ein Star. Sag doch einfach sowas wie *Hey Leute*!"

Ich rolle mit den Augen, setze mich dann aber wieder ordentlich auf mein Bett und bitte Leo, die Kamera zu starten.

„Hey Leute", sage ich und versuche, ein nettes Gesicht zu machen. Plötzlich muss ich lachen. Die ganze Situation kommt mir ziemlich merkwürdig vor.

„Man Wilma, wieso lachst du jetzt?"

Leo verzieht das Gesicht.

„Ist doch egal. Das können wir doch später rausschneiden", meine ich.

„Wenn du das kannst? Ich habe kein Videoprogramm zum Bearbeiten. Noch nicht", sagt Leo.

Ich schaue sie erschrocken an.

„Wie machen wir das denn ohne so ein Programm?", frage ich besorgt.

„Ich dachte, das erste Video bekommen wir ohne hin. In einem Guss, sozusagen", erwidert Leo.

Und so machen wir es. Es braucht noch drei Anläufe, bis ich es ohne Lachkrämpfe schaffe, etwas von mir zu erzählen.

Beim vierten Anlauf werden wir von meinem kleinen Bruder unterbrochen, der unbedingt mit uns spielen möchte.

Beim fünften Anlauf klopft meine Mutter an die Tür und kündigt das Vollkorn-Dinkel-Gedöns-Abendessen an.

Beim sechsten Mal müssen wir unterbrechen, weil Leo von ihrem Leichtathletik-Trainer angerufen wird. Sie täuscht einen Hustenanfall vor und legt einfach auf. Beim siebten Versuch bin ich voller Erwartung, wer uns diesmal stören wird, aber zu aller Überraschung drehen wir das Video komplett fertig.

Wir ziehen das Video von Leos Smartphone (seit heute hat sie es von Herrn Berg zurück) auf meinen Laptop und bewundern das Endergebnis.

Ich logge mich im Internet ein und überlege mir noch einen Titel für das Video. Den Titel „Lerne Wilma von Wilmas Welt kennen" findet auch Leonie gut. Wir schauen gebannt auf den Bildschirm, während das Video hochgeladen wird.

„Ich kann es gar nicht fassen, wie schnell das alles geht!", meine ich und grinse.

„Als vorhin auch noch deine Mutter ins Zimmer kam, habe ich nicht mehr daran geglaubt, dass das heute klappt", seufzt Leo.

„Zum Glück hat sie nicht mitbekommen, was wir wirklich machen", erwidere ich. Leo nickt und holt eine Tüte Popcorn aus unserer Vorrats-Schublade. Sie schüttet das Popcorn aus, sodass es sich über den ganzen Schreibtisch verteilt.

„Ups", macht sie leise.

„Ich dachte, wenn wir jetzt das erste Video sehen, muss es wie im Kino sein!" Ich starte den Clip und nehme eine Hand voll Popcorn.

„Schau mal, ich habe schon einen Klick auf dem Video!", schreie ich spitz.

„Wilma, das warst du gerade selber."

Ich wringe mein Popcorn runter und verschlucke mich fast. Internet-Star zu werden, scheint schwieriger zu sein, als ich gedacht habe.

Den ganzen Abend lang aktualisiere ich die Internetseite. Bis ich schlafen gehen muss, schauen ganze zwei Leute mein Video. Enttäuscht liege ich im Bett und denke darüber nach, wieso ich noch kein Star bin. Mir ist zwar klar, dass das nicht so schnell gehen kann, aber etwas mehr Klicks hätte ich mir schon gewünscht. Vielleicht 100.

#3 Ein geheimnisvoller Fisch

Am Sonntag schreibe ich Leo eine SMS, ob ich zu ihr kommen soll, um das Video für ihren Kanal zu drehen.

Sie antwortet mir, dass sie es lieber alleine drehen möchte, weil sie dann entspannter und authentischer sein kann. Geknickt verbringe ich den Rest des Tages damit, mir andere Videos anzuschauen, um mir Ideen für meine nächsten zu holen.

Es ist kurz vor Mitternacht, als ich die Nachricht bekomme, dass „PrincessLeo" ein Video hochgeladen hat.

Gespannt klicke ich es an. Es heißt „20 Facts about me". Leo erwähnt darin 20 Fakten über sich.

Ihr Alter, ihre Kleidergröße, ihre Hobbys, ob sie Haustiere hat und viele andere Dinge. Ich finde, dass sie das richtig gut macht. Während ich das Video schaue, hat Leo schon insgesamt 20 Klicks bekommen. Wie erstarrt schaue ich auf die Zahl 20. Es sind gerade einmal zwei Minuten vergangen, in denen sie diese Klickzahl erreicht hat.

Ich fasse mir an meinen Bauch. Ein leichtes Stechen macht sich dort bemerkbar. Mit einem unguten Gefühl gehe ich ins Bett.

Am nächsten Morgen empfängt mich Leo mit einer überschwänglichen Umarmung. „Hast du es schon gesehen?", fragt sie mich.

„Ja, gestern noch", murmele ich und setze mich an meinen Platz. Ich hole meine Wasserflasche aus meiner Schultasche und nehme einen kräftigen Schluck.

„Ich habe schon 100 Aufrufe!", schreit Leo und auf der Stelle verschlucke ich mich am Wasser. Leo klopft mir auf den Rücken.

„Freust du dich denn nicht?", fragt sie.

„Doch, doch", huste ich und bin froh, als Herr Berg in den Klassenraum kommt. Den ganzen Schultag lang aktualisiert Leo ihren Kanal. Sekündlich teilt sie mir mit, wenn Leute ihr Video geschaut haben.

„Wie viele Follower hast du denn schon?", fragt sie mich in der großen Pause.

„Ich weiß nicht genau, vielleicht zwei?",
murmele ich gelangweilt. Natürlich weiß
ich ganz genau, dass ich noch keinen
einzigen Follower habe. Bis auf Leo selbst.
„Und wie viele Klicks?", erkundigt Leo
sich. Ich zucke mit den Schultern.
„Ich schau einfach selbst nach."
Leo guckt auf ihr Smartphone. Sie zögert
ein wenig, dann sagt sie: „Ach, das heißt
noch gar nichts. Du musst einfach schnell
wieder ein neues Video hochladen! Und
ich weiß auch schon, was das für eins
wird."
„Achja?" entgegne ich.
„Hast du Geld mit? Wir müssen dafür
nach der Schule einkaufen gehen", sagt
sie hastig und zerrt mich zurück in die
Klasse. Inzwischen hat der Gong das Ende
der Pause verkündet.
„Ja", hauche ich und lasse mich auf
meinen Platz fallen.
Den ganzen Kunstunterricht lang
versuche ich aus Leo herauszuquetschen,
was das für eine Videoidee ist.
Statt mir alles zu erzählen, malt sie hoch
konzentriert an ihrem Acrylbild herum.
Ich trage gedankenlos verschiedene Blau-
und Grautöne auf mein Blatt Papier und
schaue ständig auf meine Armbanduhr.

Nichts ist langweiliger für mich als Kunstunterricht. Nach einer gefühlten Ewigkeit gongt es und die Stunde ist beendet. Ich springe auf und packe mein Zeug zusammen.

„Los komm schon!", rufe ich Leo zu, die akribisch ihre Pinsel abwäscht. Wir traben zu unseren Fahrrädern und fahren zum Supermarkt um die Ecke. Im Supermarkt angekommen, stürmt Leo zuerst zum Konservendosen-Regal.

Sie packt Essiggurken in den Korb. Danach rennt sie wie von der Tarantel gestochen durch die Regale und packt die merkwürdigsten Sachen ein.

Neben Würstchen im Glas, Schokocreme und Senf landen auch Erdbeerjoghurt, Apfelsaft und Cola im Korb.

„Wozu brauchen wir das denn alles?", frage ich und Leo drückt mir eine Tüte Marshmallows in die Hand.

„Für die Challenge", sagt sie grinsend.

„Was für eine Challenge?", frage ich und ziehe sie zur Kasse.

Sie hat genug eingekauft.

„Leg schon mal alles auf das Kassenband, ich brauche noch was!", ruft sie mir zu und drückt mir den schweren Korb in die Hand. Genervt packe ich alles auf das Band. Kurz bevor ich bezahlen muss, kommt Leo mit einer Packung Tampons zurück.

„Die brauchte ich noch", flüstert sie mir zu.

„Was für eine Challenge soll das sein, mit extra starken Tampons?", erkundige ich mich laut. Die Kassiererin schaut mich irritiert an und Leo zieht mich, rot angelaufen wie eine Tomate, nach draußen zu unseren Fahrrädern.

„Boah war das peinlich grad Leo!", wettert sie.

„Dann sag mir endlich, was du vorhast! Ich gebe mein Taschengeld nämlich ungern für Senf und Essiggurken aus", meine ich wütend.

„Wir machen eine Smoothie-Challenge", sagt Leo und räumt unseren Einkauf in ihren Rucksack.

„Und jetzt lass uns schnell zu mir nachhause fahren. In einer Stunde kommt meine Mutter nachhause und ich will nicht, dass sie mitbekommt, was wir da treiben."

Ich nicke und wir treten kräftig in die Pedalen.

„Soweit ich mich erinnern kann, kommen in Smoothies leckere Sachen. Bananen oder so", säusele ich und schnappe nach Luft. Leonie ist mal wieder deutlich

schneller auf dem Rad unterwegs als ich.
„Ja, das ist doch langweilig. Wir schreiben gleich alle Zutaten auf Zettel und nacheinander ziehen wir welche. Und aus diesen Zutaten mixen wir dann für jede von uns einen Smoothie. Wer ihn schneller austrinkt, gewinnt!"
„Das hat Babsi doch auch gemacht!", entgegne ich. Bis eben habe ich gedacht, dass Leo eine neue, eigene Idee für ein Video hat.
„Ist doch egal, Wilma. Hauptsache, wir bekommen ordentlich Klicks und meinen Followern gefällt es!", meint sie.
„Und was ist mit meinen Followern?", frage ich.
„Du hast doch noch keine... also denen gefällt es natürlich auch!", murmelt sie.
Eingeschnappt verziehe ich mein Gesicht. Auch wenn Leo vielleicht ein paar Follower mehr hat, ist sie längst noch nicht berühmt. Wir beide haben ein einziges Video hochgeladen, da kann man sich bei Weitem noch nichts drauf einbilden, denke ich.

Zuhause bei Leo fange ich an, kleine Zettel zu beschriften.
Leonie bastelt eine Konstruktion aus Büchern und Klebeband, um ihr

Smartphone aufzustellen. Schließlich kann diesmal keiner von uns das Video drehen, da wir beide vor der Kamera zu sehen sind. Wir positionieren ihren Mixer auf dem Küchentisch und bauen die Zutaten um ihn herum auf. Dann setzen wir uns beide neben den Mixer und Leo startet das Video: „Hey Leute, ich bin es wieder, eure Leo von PrincessLeo. Heute habe ich etwas ganz Besonderes für euch vorbereitet. Ich und meine beste Freundin Wilma von Wilmas Welt stellen uns gegenseitig die Smoothie-Challenge!"
Ich weiß nicht genau, was ich sagen soll und nicke nur überschwänglich.
„Wilma, was für Zutaten gibt es zu gewinnen?", fragt sie mich. Ich nenne nacheinander alle Zutaten und Leo kommentiert jede lautstark. Nacheinander losen wir die Zutaten aus. Ich „gewinne" natürlich Würstchenwasser, Senf und Essiggurken.
Leo ist über ihre Kombination aus Marshmallow und Cola auch nicht sehr begeistert. Nacheinander mixen wir alles zu einem bräunlich-stinkenden Brei und füllen es in Gläser. Alles vor der Kamera. „Und jetzt Trinken wir, wer schneller austrinkt, gewinnt!", ruft Leo und schüttet sich den Cocktail in den Mund. Ich setze

mein Glas an und nippe. Unweigerlich löst der eklige Geschmack von Senf, Würstchen, Gurken und Erdbeerjoghurt mit Schokocreme einen Brechreiz in mir aus. Leonie hat inzwischen ihr Glas leer und jubelt.

Sie verabschiedet ihre Follower: „So das war es mal wieder von mir meine Lieben. Ich verlinke euch noch Wilmas Kanal in der Infobox, schaut da mal auf jeden Fall rein!" Dann macht sie die Kamera aus und wir klatschen uns ab.

„Ich glaube, das war richtig gut! Naja, bis auf den Brechreiz vielleicht", entschuldige ich mich.

„Das war doch genau richtig! Ich freue mich schon so, das Video endlich hochzuladen."

Unser Smoothie-Video erreicht tatsächlich viele Leute. Nach zwei Tagen hat es bereits 1000 Klicks und ich freue mir jeden Morgen ein Loch in den Bauch, wenn ich die neuen Klickzahlen sehe. Durch das Video sind auch ein paar mehr Leute auf meinen Kanal gestoßen, sodass ich mittlerweile 20 Follower habe. Dass Leos Kanal deutlich besser läuft, juckt mich nicht mehr ganz so sehr, seit wir viele Videos zusammen drehen.

Sie hat inzwischen ihre Klavierstunden, die sie seit vielen Jahren nimmt, aufgegeben, um mehr Zeit für Social Media zu haben. Ihren Eltern erzählt sie, dass sie die Zeit für ihre Hausaufgaben braucht. Von dem Geld, das sie für den Verkauf von ihrem Keyboard bekommen hat, hat sie sich eine richtig tolle Kamera gekauft. Ich darf die Kamera, so oft es geht, mitbenutzen und somit haben wir schon richtig hochwertige Videos gedreht. Bisher habe ich ein Video mit Outfits für das erste Date veröffentlicht und Leonie eine Morgenroutine. Ich zeige in meinem Video verschiedene Outfits, die man sehr gut tragen kann, wenn man sich mit seinem Schwarm trifft. Dass ich noch nie so ein erstes Date gehabt habe, findet Leonie nicht so wichtig. In ihrem Video zeigt sie, was sie morgens so macht. Wie sie sich schminkt, was sie isst, lauter alltägliche Dinge. Trotzdem kommt das Video natürlich besser an als meins. Für das nächste Video plant Leo ein Gewinnspiel und empfiehlt mir dasselbe zu tun.

„Die Leute wollen ja auch etwas dafür bekommen, dass sie deine Videos schauen!", meint sie. Da Leos Mutter in einem Klamottenladen arbeitet, hat sie mehrere 10%-Rabatt Gutscheine zu Verlosen. Abends frage ich meine Mutter, ob wir zufällig auch noch irgendwelche Gutscheine haben, ohne dass sie Verdacht schöpft, wofür ich diese brauche.

„Dein Taschengeld ist schon wieder knapp, oder? Ich habe noch Gutscheine für ÖkoFrieda", meint meine Mutter. ÖkoFrieda ist der Bioladen in unserer Stadt. Meine Follower könnten also beim Kauf von drei Bioäpfeln einen umsonst dazu bekommen. Ich entscheide mich gegen das Gewinnspiel und gehe genervt ins Bett.

In der nächsten Woche ist ans Videodrehen gar nicht zu denken. Gleich drei Klassenarbeiten in Mathe, Deutsch und Englisch halten uns ganz schön auf Trab. Ich komme nicht mal dazu, Videos von anderen Stars zu schauen oder meine Follower zu zählen. Erst am Freitagabend habe ich Zeit, entspannt auf meinem Laptop zu surfen. Ich rufe meinen Kanal auf und schaue enttäuscht auf meine Followerzahl. Mir folgen 19 Leute, das ist eine Person weniger als vor einer Woche! Enttäuscht scrolle ich mich durch mein Profil. Auf meinem ersten Video gibt es einen Kommentar.

„Langweiliges Video. Das hat die Welt noch gebraucht. Nicht", hat jemand kommentiert. Ich beiße mir auf die Lippe. Darunter steht der nächste Kommentar: „Wie alt ist sie? 12? Was soll das?", lese ich. Ja, was soll das? Wenn jemand meine Videos nicht mag, soll er sie auch nicht anschauen, denke ich und kaue an meinen Fingernägeln. Ob Leo auch solche fiesen Kommentare hat?
Ich rufe ihren Kanal auf und bin überrascht, dass sie ein neues Video hochgeladen hat. Bisher haben wir unsere Videos immer besprochen und meist auch zusammen gedreht. Ich schaue das Video an. Leo sieht sehr geschminkt aus und spricht über Mode und Make-Up. Außerdem erwähnt sie noch einen anderen Kanal von einem Mädchen, das ich nicht kenne. Man solle dort unbedingt mal Videos schauen. Meinen Kanal erwähnt sie nicht. Neben ihrem übertriebenen Aussehen fällt mir außerdem noch auf, dass das Video

geschnitten ist. Es hat einige Special-Effekts und Hintergrundmusik.

Kein Video von uns beinhaltet bisher Hintergrundmusik oder Effekte. Wieso hat Leo mir nichts davon erzählt? Seit wann kann sie überhaupt Videos bearbeiten? Ich schaue das Video zu Ende und scrolle herunter. Als ich die Klickzahl sehe, erschrecke ich. Das Video hat 9.036 Klicks. Wie kann sie plötzlich so viele Klicks haben? Ich lese die Kommentare. „Du bist voll hübsch", steht da, „Du hast viel mehr Follower verdient!"

Ich merke, wie ich Bauchschmerzen bekomme. Langsam aber sicher werde ich wütend. Ich tippe nervös mit meinen Füßen auf dem Boden herum und entschließe mich, Leo zur Rede zu stellen. Zitternd wähle ich Leos Nummer.

„Hey Wilma, was geht?", meldet sie sich.

„Was? Egal. Leo, wieso erzählst du mir nicht, dass du ein neues Video hochlädst? Und wieso ist das bearbeitet? Und wieso hast du so viele Klicks?", keuche ich in mein Telefon. Sie kichert.

„Da staunst du, was? Sorry, dass ich dir nichts erzählt habe. Aber die Kooperation war geheim. Und bearbeitet hat es mein Cousin", erzählt sie mir.

„Geheim? Wessen beste Freundin bist du eigentlich? Die einzige Kooperation, die dich zu interessieren hat, ist unsere!", raune ich.

„Wilma, komm mal runter. Wenn man mehr Reichweite haben will, muss man auch mit anderen zusammenarbeiten. Das kannst du ja genauso tun."

„Ich komm überhaupt nicht runter! Wir haben uns mal geschworen, uns alles zu erzählen. Ich habe langsam das Gefühl, du hast dich verändert, Leo. Alles nur, um irgendwie ein Star zu werden. Richtig abgehoben bist du!", schreie ich in den Hörer.

„Ja, da waren wir 8 Jahre alt. Ich habe gar keine Lust mehr, so mit dir zu telefonieren. Ich kann doch nichts dafür, wenn deine Videos scheiße sind. Du eifersüchtige Kuh. Du bist seit Anfang an eifersüchtig auf meinen Erfolg!", keift sie. Empört höre ich ihr zu. Jedes Wort fühlt sich wie ein Stich in mein Herz an. Als ich merke, wie langsam Tränen in meine Augen steigen, lege ich einfach auf. Geknickt rolle ich mich in meinem Bett zusammen und lasse den Tränen freien Lauf. Ich kenne Leonie seit dem Kindergarten. Im Sandkasten hat sie mir einen Kuchen aus Sand gegeben und ich habe ihn gegessen. Seitdem sind wir unzertrennlich. Natürlich gab es immer mal wieder Streit und Stress, aber nie wirklich ernsthaft. Diesmal ist die Sache ganz anders. Leonie scheint der Erfolg viel wichtiger als meine Freundschaft zu sein. Ob das bei allen Stars so ist? Was wäre, wenn ich mehr Follower als Leo hätte? Wäre ich dann so gemein und überheblich zu ihr? Ich kann es mir beim besten Willen nicht vorstellen. Für Leonie ist die ganze Videodreherei von Anfang an wichtiger gewesen als mir. Ich schaue auf den Bilderrahmen, der auf meinem Nachttisch steht. Auf dem Bild sind Leo und ich zu sehen, glücklich und auf zwei Ponys, die wir während der Reiterferien geritten haben. Sauer schmeiße ich das Bild vom Nachttisch und schlafe weinend ein.

Die nächsten Tage in der Schule sind der Horror für mich. Leonie redet natürlich kein einziges Wort mit mir. Das Schlimmste ist, dass sie sich weggesetzt hat. Statt Leo muss jetzt Tobi neben mir sitzen. Tobi wohnt drei Häuser neben meinem und ich kenne ihn fast schon so lange wie Leo. Trotzdem sind wir nicht die besten Freunde. Überhaupt ist Tobias in den letzten Jahren immer komischer geworden. Er geht nicht mit den anderen Jungs Fußball spielen oder Basketball. Auch skaten tut er nicht. Manchmal erzählt er von seinen Aquarienfischen, die er zuhause hat. Da er jetzt neben mir auf dem Platz sitzt, bin ich unweigerlich dazu gezwungen, ein paar Worte mit ihm zu wechseln. Als Herr Berg eine Partnerarbeit ankündigt, guckt Tobi mich mit seinen großen Augen erwartungsvoll an.

„Willst du das nicht lieber mit Leo machen?", fragt er mich.

„Nein", antworte ich kurz.

Leo hat mitgehört und schaut mich mit grimmigem Blick an.

„Ich weiß ja nicht, was euer Problem ist, aber, ihr seid echt kindisch", kommentiert Tobi. Leonie rollt mit den Augen und versenkt ihren Blick danach ins Arbeitsheft.

„Kindisch? Sie ist doch an allem schuld. Wenn sie nicht so abgehoben geworden wäre, dann-"

Herr Berg schaut mich auffordernd an. Abrupt halte ich den Mund und beginne irgendetwas in mein Heft zu schreiben. Der Lehrer nickt und geht wieder an die Tafel.

„Abgehoben?", flüstert Tobi.

„Habe ich was verpasst, oder ist Leonie ein Filmstar geworden?", fügt er hinzu. Als ich gerade meinen Mund zum Antworten aufmache, schaut Herr Berg wieder streng zu mir. Ich entscheide mich dazu, die Antwort in die Ecke meines Heftes zu kritzeln: „Sie dreht Videos im Internet unter dem Namen PrincessLeo und hat plötzlich ganz viele Fans."

Daneben male ich einen Smiley, der kotzt. Tobi liest und nickt.

„Und das hat eure Freundschaft zerstört?", flüstert er. Ich nicke zögerlich. „Und findest du mich auch abgehoben?", fragt er mich. Ich schaue ihn erstaunt an. „Dich, wieso? Du bist doch ganz normal", kritzele ich in die andere Ecke meines Hefts. Danach denke ich, dass ganz normal auch nicht wirklich wahr ist. Ich finde Tobi nicht so normal, wie andere Jungs, aber abgehoben ist er genauso wenig wie unser Herr Berg. Tobi liest und grinst.

„Und wenn ich berühmter wäre, als du denkst?", murmelt er mir leise zu.

Ich kichere. Leonie beäugt unsere Konversation neugierig von hinten. Ich werfe ihr einen gehässigen Blick zu und stupse Tobi an der Schulter an.

„Hör auf, mich zu verarschen!", lache ich.

„Tue ich nicht", erwidert er. Ich habe wirklich genug. Ich warte noch bis zur Pause, dann platzt es aus mir heraus: „Wieso solltest du berühmt sein? Bist du Cro?"

„Ich bin wenigstens so berühmt wie Leo", meint er trocken.

„Drehst du etwa auch Videos?", frage ich neugierig.

„Vielleicht tue ich das, ja. Das geht aber keinen hier was an", antwortet er.

„Aha Mister Obergeheimnisvoll, wieso erzählst du mir das dann?", sage ich spitz.

„Weil ich weiß, dass du nicht gleich alles ausplauderst."

Damit hat er schon recht. Im Gegensatz zu Leo kann ich die meisten Geheimnisse für mich behalten.

„Ich schweige wie ein Grab. Aber ich würde schon gerne wissen, was du da treibst", meine ich und schaue ihm in die Augen. Dass die tief himmelblau sind, ist mir bis dato noch nie aufgefallen.

„Na gut, aber nicht hier. Kommst du nach der Schule kurz zu mir rüber?", fragt er mich. Ich nicke zuerst, beginne dann aber zu zögern. Ich bin seit dem Kindergarten nicht mehr bei Tobi zuhause gewesen. Vielleicht ist es auch eine komische Situation, alleine zu ihm nachhause zu gehen.

Ich wische alle meine merkwürdigen Gedanken beiseite und nicke erneut.

„Dann will ich aber alle Details wissen!", sage ich und lächle. In dem Moment kommt Leo zurück aus der Pausenhalle ins Klassenzimmer. Sie scheint uns belauscht zu haben.

„Uuuh, Wilma hat ein Date mit dem Fischkopf!", sagt sie gehässig. Ein paar Mitschüler lachen. Prompt werde ich rot wie eine Tomate. Tobi schaut mich enttäuscht an und erwartet, dass ich etwas Gemeines zu Leo zurück sage. Ich schaue jedoch nur peinlich berührt in mein Schulheft.

#4 Alles nur gekauft?

Nachdem die Schule aus ist, fahre ich mit Tobi zu ihm nachhause. Leo hat uns noch gehässig: „Viel Spaß beim Angeln mit dem Fischkopf!" hinterhergeworfen. Tobi rollt genervt mit seinen Augen.

„Angelst du denn?", frage ich ihn und versuche interessiert zu klingen. Eigentlich möchte ich nur die peinliche Stille beenden. „Nein, tue ich nicht. Dazu liebe ich Fische viel zu sehr. Ich habe nur ein paar von ihnen im Aquarium", meint er.

„Oh cool, ich hatte auch mal welche", sage ich und wir erreichen sein Haus. Tobi nickt anerkennend und wir schieben unsere Fahrräder in den Schuppen.

„Wann lüftest du eigentlich dein wahnsinnig behütetes Geheimnis?", frage ich und schaue ungeduldig auf meine Uhr.

„Jetzt sofort. Komm einfach mit", meint er und wir gehen in sein Zimmer.

„WOW", ist das Einzige, was ich sagen kann. In Tobis kleinem Zimmer reiht sich ein Aquarium an das nächste. Ich entdecke Guppys, Platys und Zebrafische. In der Ecke steht ein großes Meerwasseraquarium, in dem kleine Nemos schwimmen.

Direkt neben seinem Bett steht ein Becken mit merkwürdigen Tierchen, die ein Dauergrinsen zu haben scheinen. Eins ist grau-schwarz und das andere wunderbar pink.

„Das sind Axolotl", meint Tobi, während er seinen Laptop hochfährt.

„Ich wusste gar nicht, dass du so viele Aquarien hast!", sage ich anerkennend und beobachte weiter gebannt die Axolotl. Tobi steht auf und packt mich am Arm. Sanft zieht er mich auf seinen Schreibtischstuhl. Erst bin ich etwas verwirrt, begreife dann aber, was das Ganze soll. Auf seinem Laptop hat Tobi einen Kanal aufgerufen. „AquaTobi" kann ich in blauen Buchstaben auf den Bildern lesen. Er scrollt die Seite etwas herunter, sodass ich die Followerzahl sehen kann.

„20.000", lese ich.

„Ist das etwa dein Kanal?", platzt es aus mir heraus. Tobi grinst und nickt. Er scheint sich gerade ziemlich cool zu fühlen.

„Wie hast du es so schnell geschafft, 20.000 Follower zu bekommen?", frage ich. „Schnell? Ich drehe Videos über die Aquaristik seit 2 Jahren", erzählt er.

„Seit du 14 bist? Wenn deine Eltern das erfahren!", flüstere ich andächtig.

„Die wissen das längst. Ich habe den Kanal in ihrem Beisein erstellt. Erst waren sie etwas zögerlich, fanden es dann aber eine gute Sache, mit der ich mich da beschäftige. Besser Fische als Drogen, haben sie gesagt. Außerdem kann ich so die Strom- und Wasserkosten für meine Fischlein wieder reinholen."

„Du meinst, du verdienst Geld damit?", erkundige ich mich.

„Seit einem Jahr, seit ich ungefähr 10.000 Follower hatte. Dann hat das angefangen, dass Fischfutterfirmen mir ihre Produkte geschickt haben, damit ich sie teste. Wenn ich dann in meinen Videos positiv darüber erzähle, bekomme ich etwas Geld. Ich sage aber immer ehrlich meine Meinung und gebe auch öffentlich zu, wenn ein Produkt blöd ist", erzählt er.

„Dann bist du ja schon ein echter Star! Zumindest ein Fisch-Star. Wieso hat noch keiner in der Schule deinen Kanal entdeckt?", wundere ich mich.

„Meinen Kanal findet man nur, wenn man sich ernsthaft für Aquarien interessiert. Wenn du immer Mode- und Schminkvideos schaust, wirst du mich nie finden. Was ich übrigens gut finde, meine Community steht voll hinter mir", prahlt er. Tobi hat recht. Nie im Leben wäre ich auf die Idee gekommen, Videos über Fische zu schauen. „Zeigst du mir jetzt ein Video von dir?", frage ich und schaue Tobi in die Augen. „Das kannst du ruhig allein gucken. Und damit wir uns nicht falsch verstehen, ich erwarte, dass du niemandem davon erzählst. Es gibt schon genug Gründe in der Schule, wegen denen ich aufgezogen werde. Da muss man nicht auch noch sein Zweitleben als Fisch-Star preisgeben", ermahnt er mich. „Wieso hast du mir dann überhaupt davon erzählt?", frage ich genervt.

„Weil ich dir zeigen wollte, dass das kein großes Ding ist. Nur weil Leo jetzt mal ein Video hochgeladen und ein paar hundert Follower hat, ist das kein Grund durchzudrehen. Das gilt für dich übrigens genauso. Nur weil man nicht gleich ein Star mit seinen Videos ist, muss man sich nicht schlecht fühlen. Hauptsache ist doch, dass man das macht, weil man Spaß daran hat." Ich zucke mit den Schultern. Ganz tief im Inneren weiß ich, dass er recht hat. Trotzdem fällt es mir schwer, nicht eifersüchtig auf Leo zu sein.

„Sprich doch mal mit Leo. Ich würde wirklich gern wieder neben Stefan sitzen. Herr Berg kommt da hinten nämlich selten vorbei", lacht Tobi. Ich stupse ihn am Arm an.

„Ach, das ist der wahre Grund, warum ich meinen freien Nachmittag mit Fischen verbringen muss", lästere ich.

„Ehrlich gesagt, finde ich es einfach schade, dass eure gute Freundschaft jetzt vorbei sein soll. Ihr kennt euch viele Jahre. Das kann man nicht so einfach wegwerfen", meint Tobi und schaut nachdenklich aus dem Fenster. Ich wundere mich, wie erwachsen er spricht. Fast so, als wäre er deutlich älter als ich.

„Ich kann nur einfach nicht begreifen, wie sie nach einer Woche so viele Follower haben kann!", meckere ich lautstark.

„Wie viele denn?", fragt Tobi und ich gebe Leos Profil in die Suchleiste der Internetseite ein. Ich klicke auf ihr Profil und erschrecke mich.

„10.033 Follower!", lese ich vor.

„Nach so kurzer Zeit? Aber eigentlich wundert es mich nicht", murmelt Tobi.

„Wieso? Ist sie ein geborener Star oder was?", frage ich ihn gehässig.

„Man kann sich im Leben fast alles kaufen, Wilma. Auch Erfolg. In dem Fall eben in Form von Followern", sagt er weise. Ich schaue ihn erstaunt an.

„Man kann sich das kaufen? Das ist ja krass. Meinst du, Leo hat das gemacht? Wahnsinn. Unglaublich", schreie ich fast und laufe aufgeregt im Zimmer hin und her.

„Wenn man seinen Kanal ordentlich berühmt machen will, gibt es einige Dinge, die man dafür kaufen kann. Kann gut sein, dass Leo das gemacht hat", erklärt er.

„Dann macht sie wohl alles, um erfolgreich zu werden. Und ich bin ihr dabei völlig egal", jammere ich und setze mich auf Tobias Bett.

Zu meinem Erschrecken setzt sich Tobi neben mich.

Unsere Oberschenkel berühren sich leicht. Ich möchte wegrücken, müsste dafür aber ein 100 Liter Aquarium mit meinen Oberschenkeln wegbewegen.

„Ich muss eigentlich dringend nachhause", sage ich und versuche aufzustehen. Tobi zieht mich an meiner Schulter zurück.

„Warte mal kurz, Wilma. Ich wollte dir nur noch sagen, dass ich deine Videos wirklich mag. Du solltest weitermachen."

Tobi schaut mir tief in die Augen. Verlegen schaue ich schnell zu einem seiner Aquarien.

„Ja. Das ist nett. Wirklich. Aber ich muss jetzt los", stottere ich und ergreife die Flucht nach vorn.

„Schade. Bis morgen, Wilma von Wilmas Welt", sagt er sanft.

Ich nicke und verkneife mir, Tschüss, AquaTobi zu säuseln. Auch wenn ich noch wenig Ahnung von diesen Dingen habe, habe ich das Gefühl, dass Tobi mich mag. Also mehr mag, als andere. Vielleicht sogar mehr als seine Fische? Bei dem Gedanken wird mir kalt und heiß zugleich. Wie von der Tarantel gestochen, fahre ich nachhause.

Abends sitze ich in Jogginghose auf meinem Bett und kaue an meinem Bleistift.
Die Hausaufgaben wollen diesmal einfach nicht fertig werden. Ich schweife immer wieder gedanklich ab. Ob Leo sich wirklich Follower gekauft hat? Von welchem Geld, frage ich mich. Sie bekommt zwar deutlich mehr Taschengeld als ich, aber ob das reicht? Wie teuer sowas wohl ist? Gedankenverloren rufe ich Leos Kanal auf meinem Smartphone auf. Sie hat schon ganze 100 Follower mehr als vorhin. Außerdem hat sie ein neues Video hochgeladen. Ich entscheide mich dazu, es nicht zu schauen. Meine schlechte Laune muss nicht noch stärker werden. Ich will es mir nicht eingestehen, aber ich bin

neugierig, wie Tobias Videos so sind. Nervös kaue ich noch mehr an meinem Bleistift herum. Schließlich siegt meine Neugier und ich gebe „AquaTobi" in mein Smartphone ein. Viele bunte Videos erscheinen. Nach dem Zufallsprinzip wähle ich ein Video aus. Es heißt „Aquarium einrichten Grundlagen".

Tobi steht in seinem Zimmer vor dem Meerwasseraquarium und erklärt, wie man ein neues Aquarium einrichtet. Ich bin selbst erstaunt, wie wenig ich darüber gewusst habe. Mit seiner lockeren, sanften Art erklärt er den Zuschauern die wichtigsten Dinge. Zum Schluss stellt er noch ein neues Futter vor.

Das muss dann eine Produktplatzierung sein, schießt es mir in den Kopf. Ich kann nicht anders und schaue noch weitere Videos von ihm. Mit seiner sanften Stimme im Ohr schlafe ich ein und träume von Fischen.

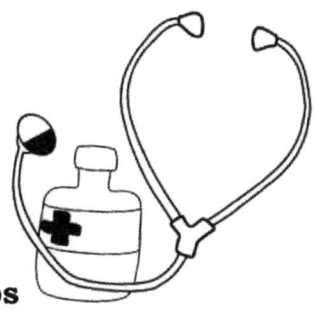

#5 Ein pinker Gips

Am nächsten Tag in der Schule macht mein Herz einen kleinen Sprung, als es Tobi sieht. Umso weniger erfreut ist es über die Ankunft von Herrn Berg. Und dass danach noch Leo ins Klassenzimmer stürmt, mag es gar nicht. Ich fasse mir ein Herz und sage Tobi, dass ich seine Videos cool finde: „Ich wollte, deine Videos also, gestern Abend..."

Ich stottere und höre gänzlich auf zu reden, als Tobi mich verärgert ansieht. „Wir haben eine Abmachung, Wilma", sagt er trocken. Ich rolle mit den Augen. Da will man einmal etwas Nettes sagen...

Tobi nimmt meinen Stift aus der Hand und kritzelt auf mein Blatt Papier:

„Du magst meine Videos?"

Ich nicke und Tobi grinst wie ein Honigkuchenpferd. Dann fügt er auf mein Blatt hinzu: „Redest du heute mal wieder mit Leo?"

Ich zucke mit den Schultern.

„Na gut", schreibe ich auf sein Blatt. Tobi nickt anerkennend und radiert meine Botschaft sorgfältig weg.

„In der nächsten Pause", flüstert er mir zu.

Als die Stunde zu Ende ist, platzt es aus Tobi heraus: „Sag ihr doch, dass du nicht eifersüchtig sein willst. Und dass du dich für sie freust und sie weiter unterstützt. Dann kann ich endlich wieder ganz hinten sitzen."

Noch ehe ich protestieren kann, geht Tobi zu Leo und unterrichtet sie darüber, dass ich mit ihr reden will. Sie rollt gekünstelt mit den Augen, nickt dann aber. Tobi verlässt das Klassenzimmer. Jetzt sind wir beide völlig allein. Nach vielen Minuten Stille fasst sich Leo ein Herz.

„Du wolltest mit mir reden?", sagt sie leise.

„Ich, ich wollte", fange ich an.

Vor meinem inneren Auge sehe ich die grinsende Leo, wie sie in ihren Videos über ihren Erfolg redet.

Dazu die stetig steigende Followerzahl. Wut kocht in mir hoch.

„Ich wollte dir nur sagen, wie armselig ich es finde, dass du dir deine Follower kaufen musst. Das ist armselig, Leo. Du bist armselig", schreie ich. Leos Empörung ist nicht zu übersehen.

„Glaubst du echt, ich habe die gekauft?", brüllt sie mir ins Gesicht. Ich möchte noch viel gemeinere Dinge zu ihr sagen, kann es aber nicht, weil unsere Klassenkameraden in dem Moment wieder ins Zimmer stürmen.

Leo sieht ziemlich wütend aus. Aber irgendwie auch traurig. Mit gesenktem Kopf setzt sie sich an ihren Platz neben Stefan. Tobi fragt mich erwartungsvoll: „Und, habt ihr euch ausgesprochen?"

Als er keine Antwort bekommt, schaut er erst Leo an, dann mich. Unsere Gesichter sprechen Bände.

„Oh, hat ja prima geklappt", murmelt er. Ich meine zu hören, dass er danach noch genervt „Mädchen" hinzufügt.

Ich weiß nicht, auf wen ich saurer bin.

Auf Leo, auf Tobi, oder auf mich.

Nach einer unendlich langen Kunststunde haben wir zum Glück Sportunterricht.

Genau das Richtige, wenn man in der Stimmung zum Töten ist. Statt Speerwurf oder Boxen müssen wir jedoch einfach nur laufen. Zweimal um das kleine Wäldchen, das hinter unserer Schule liegt. Alle traben gleichzeitig an, Leo ganz vorne. Nach einer kleinen Weile bekomme ich Seitenstechen. Die anderen sind mir längst Meter voraus. Keinen einzigen von ihnen kann ich mehr sehen. Von der Sonne geblendet schaue ich nach oben. Keine Wolke ist zu sehen.

Plötzlich fühle ich nicht mehr nur Sand unter meinen Füßen, sondern etwas Festes. Ehe ich mich versehe, falle ich auf den Boden. Ich bin über eine sehr kleine Wurzel gestolpert. Auf dem Boden liegend fluche ich lautstark und reibe mir den Knöchel. Leider klappt mein Versuch, wieder aufzustehen, nicht wirklich. Immer wenn ich den linken Fuß belasten will, spüre ich einen stechenden Schmerz im Fuß. Mir bleibt nichts anderes übrig, als auf dem Boden sitzen zu bleiben. Fieberhaft überlege ich, wie mir jemand helfen könnte. Mein Handy habe ich natürlich im Spind in der Schule gelassen. Das Einzige, was mir momentan einfällt, ist, leise Hilfe zu murmeln. Die Sonne brennt auf meiner Stirn und mir wird schwarz vor Augen.

„Wilma? Oh mein Gott Wilma!" höre ich aus der Ferne. Die Stimme kommt mir bekannt vor. Ich öffne meine Augen und sehe eine verschwommene Leo vor mir. Ich würde gerne wütend werden, bin aber viel zu schwach dafür.

„Wilma, was ist passiert?", fragt sie. Ich kann nicht antworten. Leise höre ich, wie Leo auf ihrem Smartphone den Notarzt ruft.

Wenige Minuten später werde ich auf einer Krankenliege ins nächste Krankenhaus gefahren.

Kurz nachdem ich einen deutlichen Piecks im Arm fühle, komme ich wieder zu mir.

„Wilma, ein Glück!", höre ich Leo sagen. Sie ist im Krankenwagen mitgefahren und sieht in ihren Sportsachen ziemlich blass aus.

„Frau Sommer?", spricht mich der Notarzt an.

„Können sie mich hören?"
Ich nicke.

„Sie haben sich den Fuß angebrochen und hatten einen leichten Kreislaufschock. Im

Krankenhaus werden sie geröntgt und wenn sie Glück haben, können sie danach wieder nachhause", erklärt der Arzt.

Leo seufzt erleichtert. Im Krankenhaus angekommen werde ich direkt zum Röntgen gefahren. Als ich nach dem Röntgen im Wartezimmer sitze, ist Leo immer noch bei mir.

„Warum tust du das?", frage ich.

„Was denn?", wundert sie sich.

„Warum bist du nicht weitergerannt und hast mich ignoriert? Ich dachte wir sind keine Freunde mehr?", frage ich sie.

„Achja, denkst du das?", antwortet sie schnippisch. Ich fasse mir an den Kopf. Für eine Weiterführung des Streits reicht meine Energie längst noch nicht.

„Ich hätte dich niemals da liegen lassen können. Auch wenn ich deine Vorwürfe ziemlich ungerecht und fies finde, sind wir irgendwie immer noch Freunde. Nur vielleicht aktuell nicht die besten", meint sie. Ich nicke.

„Heißt das, du hast deine Follower gar nicht gekauft?", erkundige ich mich vorsichtig.

„Ach Wilma. Ich wusste bis zu deinen Vorwürfen gar nicht, dass das geht. Und nein, auch danach habe ich niemanden gekauft. Ich bin selbst total erstaunt, wie das mit den Videos läuft. Wahrscheinlich liegt das daran, dass ich auch Kontakt zu anderen Mädchen, die Videos machen, habe."

„Nur zu mir hast du keinen Kontakt mehr", murmele ich.

„Das können wir ja wieder ändern. Vorausgesetzt, du bist nicht immer sauer, wenn ich einen Klick mehr als du habe", lacht Leonie. Ich könnte auf ihre Aussage sauer reagieren, tue es aber nicht, nach allem was sie gerade für mich getan hat. „Okay, krieg ich hin", flüstere ich. „Frieden?", fragt Leo und lächelt. „Frieden!", sage ich und versuche sie zu umarmen.

„Aua, aua!", schreie ich und gebe das mit der Umarmung wieder auf. Meinen Fuß auch nur etwas zu bewegen ist ein fataler Fehler.

„Übrigens ist Tobi fast selbst umgekippt, als er dich so gesehen hat. Er wollte unbedingt mit ins Krankenhaus mitfahren. Hat der Lehrer aber verboten. Von wegen Jungs und Mädchen und so", lacht Leo.

Ich lächle in mich hinein. Das ist schon irgendwie süß.

„Läuft da etwa was?", fragt Leo gespannt.

„Er hat viele Fische", murmele ich nachdenklich.

„Warst du etwa bei ihm zuhause?", hakt Leo nach.

„Frau Sommer bitte in Zimmer 3!", werde ich von der Stationsschwester aufgerufen. Ich werfe Leo einen geheimnisvollen Blick zu und humpele ins Arztzimmer.

Einige Stunden später bin ich endlich wieder zuhause. Im Krankenhaus haben sie mir einen Gips um den linken Fuß verpasst. Diagnose: gebrochen.

Zum Glück habe ich den Arzt noch soweit bequatschen können, dass er einen pinken Gips für mich gemacht hat.

Ich kann Leonie nicht davon abbringen, sofort den ersten Krankenbesuch bei mir zu starten.

Sie interessiert sich jedoch viel mehr für Tobi, als für meinen Gesundheitszustand.

„Du warst also bei ihm zuhause?", fragt sie gespannt und stopft sich eine Hand voll Chips in den Mund, die sie vorher aus unserem Süßigkeitenfach geholt hat.

„Ja aber das war ja kein Date oder sowas", stelle ich fest und greife auch in die Chipstüte.

„Was habt ihr dann bei ihm gemacht?", erkundigt sie sich. Ich zögere. Eigentlich hat er mir ja nur ein Geheimnis erzählt.

„Er hat mir seine Fische gezeigt", sage ich trocken. Leo prustet los.

„Seit wann interessierst du dich für Fische? Das ist eine schlechte Ausrede, Wilma."

Leider kennt mich Leo deutlich zu lange. Wenn ich lüge, kann sie das aus 10 Metern Entfernung riechen.

„Also gut. Er hat mir ein Geheimnis verraten", gebe ich zu.

„Dass er auf dich steht?"

Leo schaut mich mit großen Augen an.

„Was? Nein, bloß nicht. Was anderes", stottere ich.

„Und was muss ich tun, damit du mir das verrätst?", bettelt sie.

Wenn sie eins ist, dann super neugierig.

„Ich kann das nicht verraten. Das wäre unfair", erkläre ich und nehme mir noch mehr Chips.

„Du stehst auf ihn", grinst Leo.

„Wenn du nicht auf ihn stehen würdest, würdest du mir das Geheimnis verraten", schlussfolgert sie.

Ich stöhne.

„Also gut. Er dreht auch Videos. Und zwar erfolgreicher als wir beide zusammen", gebe ich zu.

„Krass! Wie heißt er? Ich kann mir kaum vorstellen, dass jemand Tobi, die Fisch-Brillenschlange, sehen will", säuselt sie aufgeregt.

„Schwör bei meinem Gips", hauche ich.

„Ich schwöre", antwortet sie genervt.

„AquaTobi", verrate ich das Geheimnis der Geheimnisse. Ich fühle mich ein wenig schlecht. Andererseits bin ich wahnsinnig froh, mich mit Leo wieder vertragen zu haben. Da habe ich keine Lust, dass sie wieder sauer wird, weil ich ihr das Geheimnis nicht verrate. Plötzlich springt Leo von meinem Bett auf und schnappt sich den Laptop. Nur ein paar Sekunden später gibt sie schon *AquaTobi* in die Suchleiste ein.

„Ach was, der kleine Nerd im Internet. 20.000 Follower? Okay das ist viel", staunt sie. Ich nicke stolz.

„Er verdient sogar Geld damit", prahle ich.
„Du klingst wie eine stolze Mutti", zieht Leo mich auf. Ich lache. Den Rest des Abends schauen wir die Videos von Tobi. Natürlich gebe ich nicht zu, dass ich die Videos schon in- und auswendig kenne. Ab und zu kommentiert Leo Sachen wie: „Alles für die Fische, alles Gute für die Fische!" und lacht sich kringelig.

Mit ihrem Lachen steckt sie auch mich immer wieder an, sodass ich meinen schmerzenden Fuß fast vergessen kann.

#6 Die Challenge

Die nächsten Tage in der Schule verlaufen für mich etwas schwierig.

Mit meinen Krücken komme ich zu den meisten Stunden zu spät.

Trotzdem empfangen mich die Lehrer verständnisvoll und Leo versorgt mich mit Baguettes, Schokoriegeln und Kakao aus der Kantine.

Regelmäßig erkundigt sich Tobi nach meinem Wohlergehen, was mir vor den anderen Klassenkameraden ziemlich peinlich ist.

Ich antworte kurz und unterhalte mich danach mit Leo weiter. Mein Gips am Fuß ist zwar ziemlich nervig und juckt, hat mich aber auf eine neue Video-Idee gebracht. Am Nachmittag treffe ich Leo bei mir zuhause und wir drehen zusammen das Video:

„Dinge, die du mit einem Gips tun kannst"
Ich erzähle wie es mir mit dem Gips geht und was man damit anstellen kann.

Ich benutze ihn als Stiftehalter oder Notizzettel, klebe Strass-Steine drauf und tanze auf einem Bein. Das Beste aber ist, dass Leo mir verspricht, das Video für mich zu bearbeiten.

Sie hat mittlerweile von ihrem Cousin einige Kniffe gelernt und kann sogar Hintergrundmusik auswählen.

Abends schickt sie mir eine SMS:

„Ich habe das Video in deinem Kanal hochgeladen, Passwort kenne ich ja. xoxo Leo"

Aufgeregt humpele ich zum Laptop und finde das Video, als ich *Gips* eingebe.

Zu meinem Entsetzen hat es schon 100 Aufrufe. Gespannt schaue ich das Video.

Es ist wirklich gut gelungen. Als ich meine einbeinige Tanzeinlage zeige, hat Leo Diskomusik hinterlegt.

Das Video ist perfekt geschnitten und macht wirklich Spaß.

„Du bist die Beste!", antworte ich ihr per SMS. Als ich vom Abendessen wieder in mein Zimmer zurückhumpele, hat das Video schon 936 Aufrufe.

„Na bitte!", rufe ich und hüpfe glücklich auf einem Bein im Kreis.

Die nächsten Wochen verlaufen super für mich. Mein Fuß heilt sehr gut und ich bin meinen Gips endlich wieder los. Das Gips-Video hat bisher 2.034 Klicks erreicht und mir 100 Follower beschert. Auch Leos Kanal wächst stetig. Tobi lädt zahlreiche Videos hoch. Im Vergleich zu uns ist er mit Abstand am Produktivsten. Im letzten Video zeigt er seine Axolotl-Babys.

Es ist das erste Mal, dass er welche hat. Ein Grinse-Monster ist neon-knallpink. „Natürlich haben meine Babys auch Namen", erklärt Tobi im Video.

„Das ist Punker, das ist Ohnezahn und das pinke Mädchen hier ist Wilma."

Ich verschlucke mich an der Salzstange, die ich nebenbei geknabbert habe. Ich spule das Video zurück und schaue die Stelle erneut, in der Hoffnung, mich verhört zu haben.

„Wilma" ist klar und deutlich zu verstehen.

Mein Puls schlägt schneller. Mir wird heiß und kalt. Das kann doch kein Zufall sein? Verwirrt rufe ich Leo an und schildere ihr die Situation.

„Er hat einen Fisch nach dir benannt?", fragt sie.

„Keinen Fisch. Einen Axolotl. Das ist was Besseres", verteidige ich ihn.

„Solange es kein Regenwurm ist", lacht sie.

„Meinst du, er hat das gemacht, weil er auf mich steht?", frage ich und raufe mir durch meine braunen Haare.

„Ich erzähle dir schon seit Wochen, dass er auf dich steht. Was muss er denn noch machen, damit du es merkst? Einen Wal nach dir benennen?", wispert sie ins Telefon.

„Na hör mal, wenn, dann einen Delfin!", lache ich.

„Im Ernst, Wilma. Du solltest dich langsam entscheiden. Entweder du stehst auch auf ihn und ihr macht Fischkinder, oder du sagst ihm sanft, dass er nicht dich sondern seinen Axolullo heiraten soll."

„Axolotl", korrigiere ich sie.

„Kriegst du das hin?", fragt sie eindringlich. Im Inneren weiß ich, dass sie recht hat. Auch den Klassenkameraden ist es schon aufgefallen, dass Tobi mich immer so anschaut.

Aus lauter Schüchternheit habe ich in letzter Zeit immer weniger mit ihm gesprochen. Irgendwie mag ich ihn schon. Aber um richtig verliebt sein zu können, müsste ich ihn doch erst mal richtig kennenlernen.

Ich beende das Gespräch mit Leo und versichere ihr, dass ich darüber nachdenke.

Sehr nachdenklich gehe ich ins Bett und schlafe nur langsam ein.

Am nächsten Tag komme ich beim besten Willen nicht dazu, mit Tobi ein ernstes Gespräch zu führen, weil er gar nicht in der Schule ist.

„Ist er krank?", wundere ich mich am Morgen.

Da niemand in der Klasse wirklich mit ihm befreundet ist, kann mir keiner eine Antwort geben.

„Vielleicht hat er die Fischkrankheit!", giggelt Leo, die mittlerweile wieder auf dem Platz neben mir sitzt. Ich rolle genervt mit den Augen.

„Aber hey, das ist doch die Chance!", muntert sie mich auf.

„Die Chance mich auch anzustecken?", frage ich ironisch.

„Du bringst ihm die Hausaufgaben. Nachhause! Und dann erklärst du ihm alles. Jedes kleine Detail. Und dann setzt er sich immer dichter neben dich und langsam berühren euch eure Lippen und..."

Leo hört auf zu reden, als ich ihr gehörig den Mund zuhalte.

„Gnade!", schreit sie laut. Ich nehme meine Hand von ihrem Mund weg.

„Deine Idee klingt ja echt ganz interessant. Nur sollte man ansteckende Leute nicht küssen", erkläre ich ihr.

„Liebe geht über alles!", säuselt sie.

Und wieder rolle ich mit den Augen. Es gibt nichts Ätzenderes, als eine beste Freundin, die denkt, man sei schlimm verliebt. Manchmal frage ich mich, ob sie meine Freundin oder Feindin ist.

„Wilma, du bist doch meine beste Freundin...", beginnt Leo, als ob sie meine Gedanken lesen könnte.

Ich nicke überzeugt.

„Ich habe dir doch letztens von dieser Kooperation mit den anderen Kanälen erzählt. Jedenfalls wurde ich zur Ice-Bucket-Challenge nominiert!", erzählt sie. Leo steht mittlerweile in Kontakt mit anderen Mädels, die auch Videos drehen. Sie verlinken sich untereinander oder drehen Videos zu einem Thema und leiten die Zuschauer gleich weiter.

„Ist das nicht das, wo man sich einen Eimer mit Eiswasser über den Kopf schüttet?", frage ich entrüstet. Leo nickt.

„Ja, mega dämlich. Aber mit gehangen, mit gefangen. Ich bräuchte jetzt nur dich für die Kamera. Du musst aufpassen, dass die nicht nass wird."

„Gleich nach der Schule?", frage ich. Leo umarmt mich glücklich.

„Da wäre aber noch was", fängt sie an.

„Du müsstest das Video auch hochladen. Ich fahre direkt nach der Schule zu meinen Großeltern aufs Land, da habe ich kein Internet. Schneiden oder bearbeiten musst du es nicht, das wird ein ganz kurzes Video, aus einem Guss quasi."

Ich nicke. Es spricht nichts dagegen, ihr zu helfen, nachdem sie ein paar meiner letzten Videos bearbeitet hat. Seitdem ist mein Kanal erfolgreicher, natürlich immer noch deutlich weniger als Leos oder Tobis.

Nachdem wir eine Klassenarbeit in Mathe und einen unangekündigten Vokabeltest in Englisch geschrieben haben, fahren wir zu Leo nachhause. Sie zieht sich einen weißen Bikini unter ihr cremefarbenes T-Shirt an und ich fülle einen großen Eimer mit Eiswürfeln.

„Nicht so viele, Wilma!", meckert sie.

„Da musst du durch!", sage ich gehässig und fülle den Eimer randvoll.

Die Eiswürfel beginnen zu schmelzen, während wir einen passenden Drehort in Leos Garten suchen.

Vor der großen Hecke gefällt uns das Sonnenlicht am besten. Leo gibt mir genaue Anweisungen, wie ich die Kamera zu halten habe.

„Nein, nicht so. Pass auf die Belichtung auf! Ja okay. Los geht's", befehlt sie.

Ich drücke auf Start und Leo begrüßt ihre Zuschauer.

„Hallo meine Lieben, auch mich hat es getroffen. Ich wurde für die Ice-Bucket-Challenge nominiert", performt sie. Ohne zu zögern hebt sie den randvollen Eimer an und schüttet sich das Eiswasser über den Kopf. Erschreckt über die Kälte quiekt sie laut, dann rennt sie sofort ins Haus, um sich trockene Sachen anzuziehen. Ich habe alles auf der Kamera und bin zufrieden.

„Danke, Wilmaschätzchen!", verabschiedet sie mich und drückt mir die Kamera samt USB-Kabel in die Hand. „Lädst du es gleich hoch?", fragt sie zuckersüß.

„Ich muss ja nichts mehr bearbeiten, richtig?", frage ich sicherheitshalber.

„Ja, lad einfach hoch. Du musst es nicht mal anschauen", erklärt sie und ich fahre mit meinem Fahrrad den kurzen Weg zu mir nachhause.

Dort angekommen bekomme ich eine Bio-Dinkel-Vollkorn-Pizza mit Sojakäse und einen Hirsebrei zum Nachtisch.

Meine Mutter erzählt von ihrem Yoga-Kurs und mein Papa berichtet von seiner Arbeit im Büro. Fast zu Tode gelangweilt gehe ich in mein Zimmer und fahre den Laptop hoch. Tatsächlich schaue ich das Video nicht noch einmal an und lade es einfach hoch.

Als Titel gebe ich, wie mit Leo besprochen, *„Ice Bucket Challenge Extrem“* ein.

Wenige Sekunden später habe ich meinen Job erledigt.

Wenn ich gerade online bin, kann ich auch auf Tobis Profil rumstöbern, denke ich.

Tatsächlich hat er vor wenigen Minuten ein neues Video hochgeladen.

„Komm mit zur Hamburger Fischmesse-Vlog“ heißt es.

Gespannt klicke ich drauf. Im Video filmt Tobi diese Fischmesse und kommentiert die besten Schnäppchen der Aquarien-Szene. Wieso er das Video genau heute hochlädt, wo er doch krank ist? Oder ist er heute bei dieser Messe gewesen? Ich fühle mich wie Sherlock, als ich im Internet nach „Hamburger Fischmesse“

suche. In dicken Buchstaben lese ich als Veranstaltungsort Hamburg Altona und das Datum von heute. Der gute Tobi schwänzt also die Schule, um Fisch-Videos zu drehen.

Ich möchte Leo davon erzählen, dann fällt mir jedoch ein, dass sie bei ihren Großeltern weder Internet noch Telefon-Empfang hat.

Ob Tobi seine Karriere im Internet wichtiger als die Schule ist? Was ist, wenn Leo weiterhin so erfolgreich ist, schmeißt sie dann auch die Schule? Muss man einen Abschluss haben, um berühmt zu sein? Vermutlich nicht.

Ich erinnere mich daran, wie schnell ich Follower verloren habe. So schnelllebig wie das ganze Internet ist, sollte man sich auf eine Karriere dort nicht verlassen.

Die Vorstellung, ohne Schulabschluss und ohne Follower zu sein, bereitet mir Kopfschmerzen.

Das sollte ich Tobi mal sagen, denke ich, und kopiere ihm die Arbeitsblätter, die ich heute in der Schule bekommen habe. Gleich morgen werde ich ihm meine Meinung sagen. Entschlossen gehe ich ins Bett und ahne bei Weitem nicht, was für dunkle Wolken am Himmel aufziehen.

#7 Die Katastrophe

Am Wochenende packe ich all meine Schulsachen ein und fahre mit dem Rad zu Tobi.

Ich klingele und werde von seiner Mutter hereingelassen.

„Ich möchte Tobi die Hausaufgaben bringen", erkläre ich brav.

„Wie nett von dir, Wilma!", bedankt sie sich und bringt mich zu seinem Zimmer. Etwas zögerlich klopfe ich. Selbst durch die Tür höre ich das leise Plätschern der Aquarien.

„Ja?", fragt Tobi aus seinem Zimmer und ich öffne die Tür. Als er mich sieht, springt er von seinem Schreibtischstuhl und streicht nervös durch seine Haare. Sie sehen ziemlich zerzaust und wuschelig aus.

Ein bisschen so, als könnte man sich dort bequem reinlegen.

„Was machst du denn hier?", wundert er sich.

„Ich, ich möchte dir die Hausaufgaben bringen. Du warst ja gestern nicht da und deswegen...", stottere ich.

„Ja ich war krank", sagt er und nimmt mir die Arbeitsblätter aus der Hand. Dabei streift seine Hand kurz meinen Daumen. Ich werde rot.

„Krank warst du, aha", meine ich trocken.

„Mmmh", macht Tobi.

„Das glaubst du doch selber nicht", sage ich forsch.

„Was meinst du?", fragt Tobi ertappt.

„Gestern war diese Fischmesse", verrate ich und schaue ihn vorwurfsvoll an.

„Oh, du hast das Video gesehen. Ja ich war bei der Messe. Meine Eltern haben mich aber krankgeschrieben, weil die Schule mich niemals freigestellt hätte. Ich musste da gestern einfach hin!", verteidigt er sich und setzt sich auf sein Bett.

Ein bisschen so, als würde er erwarten, dass ich mich dazu setze. Pustekuchen.

„Und wenn es weiter so gut läuft mit den Videos, brichst du die Schule ganz ab, oder wie?", äußere ich mich wütend.

„So ein Quatsch. Seit wann interessiert dich überhaupt, was ich tue oder nicht?", erkundigt er sich und klingt ein bisschen verletzt.

„Wie meinst du das jetzt?", frage ich verwirrt. Worum geht es hier eigentlich?

„Du hast die letzten Wochen kaum mit mir gesprochen. Eigentlich seit mit Leo wieder alles grün ist. Das finde ich sehr schade", erzählt er und schaut auf den Boden.

„Ich weiß auch nicht, dann, also, naja, reden wir jetzt eben mehr", stammele ich und laufe erneut rot an.

„Du bist echt süß", murmelt er ganz leise.

„Was?", erschrecke ich.

„Süß, willst du was Süßes?", sagt er ertappt.

Ich nicke und Tobi holt eine Tafel Nougatschokolade aus der Küche. Währenddessen setze ich mich doch auf sein Bett.

„Hast du schon die kleine Wilma gesehen?"

Tobi ist zurück und setzt sich neben mich. Dann zeigt er mir die Baby-Axolotl, die zuckersüß aussehen und tollpatschig durch das Wasser wandern.

„Ist es Zufall, dass die eine Wilma heißt?", erkundige ich mich.

„Natürlich", grinst Tobi und gibt mir ein Stück Schokolade. Ich kaue genüsslich und muss auch grinsen.

„Wollen wir vielleicht einen Film schauen?", fragt er plötzlich.

Das klingt hier alles ziemlich nach erstem Date. Schüchtern zucke ich mit den Schultern. Tobi steht auf und schaltet den Fernseher an, dann wühlt er in einem Haufen DVDs.

„Eigentlich habe ich nur Jungs-Filme. Aber hier, wie wäre es mit Findet Nemo?", fragt er. Ich lache.

„Das war ja irgendwie klar, dass du nur Filme über Fische hast", bemerke ich. Tobi startet den Film und setzt sich wieder neben mich, nur diesmal noch dichter als sonst. Mir wird schlagartig warm, als hätte ich Fieber. Stumm konzentriere ich mich auf den Film.

„Es ist schön, dass du hier bist, Wilma", säuselt Tobi und legt langsam seinen Arm auf meine Schulter. Erschreckt zucke ich zusammen. In meinem Kopf dreht sich alles. Voller Panik möchte ich wegrennen, fühle mich dann aber irgendwie geborgen. Jemandem so nah zu sein, fühlt sich ungewohnt an.

„Wilma, ich wollte dir sagen, dass", beginnt Tobi, wird dann aber von meinem

Handy-Klingelton unterbrochen. Leo ruft an, lese ich auf dem Display.

„Kannst du das ausmachen?", fragt er genervt.

Ich nicke entschuldigend und drücke Leo weg. Sobald ich zuhause bin, werde ich sie zurückrufen.

„Weißt du, in letzter Zeit, da habe ich...", Tobi stockt, mein Handy klingelt erneut.

„Geh halt ran!", meint er genervt und klingt dennoch ein wenig enttäuscht.

„WILMA! Wie kannst du mir sowas antun?", schreit es aus dem Handy.

Ich zucke zusammen. Woher weiß sie, dass ich bei Tobi bin? Steht sie etwa auf ihn?

„Ich weiß nicht, was ich gemacht haben soll", gebe ich zu.

„Du hast das Video hochgeladen! Das hättest du nie tun dürfen. Das Video hat mein Leben zerstört. Ich kann nie wieder vor Leute treten. Nie wieder", erzählt Leo aufgebracht. Zwischendurch holt sie kein einziges Mal Luft.

„Beruhig dich bitte, Leo. Und dann erzähl mir ganz langsam, was passiert ist", versuche ich sie zu beruhigen.

Tobi hört alles mit und hebt seine Augenbrauen interessiert.

„Wir müssen das Video löschen!", schreit Leo.

„Okay, okay. Komm doch schnell zu mir, aber ich bin grad gar nicht zuhause", fällt mir auf. Tobi flüstert, dass Leo auch kurz herkommen kann.

„Komm zu Tobi. Er kann dir helfen. Ich bin auch da", befehle ich und Leo legt auf. Keine zehn Minuten später steht Leo mit hochrotem Kopf vor Tobis Zimmertür. Ich lasse Leo rein und sie setzt sich auf Tobis Bett. Ohne zu fragen schiebt sie sich ein großes Stück Schokolade in den Mund. Dann seufzt sie und spricht: „Es ist eine Katastrophe passiert! Es geht um das letzte Video von mir. Ich muss es sofort löschen!"

Ich verstehe nicht so wirklich, was das Problem ist.

„Hat es zu wenig Aufrufe?", erkundige ich mich.

„Also wenn du deshalb so ein Theater machst, dann klärt das bitte alleine. Ich habe noch genug zu tun heute", meckert Tobi. Erstaunt schaue ich ihn an. Bisher habe ich gedacht, er freut sich über meinen Besuch.

„Da ihr beide das Video offensichtlich nicht kennt, schaut es euch bitte an. Und dann verdammt nochmal löscht ihr es für mich! Ich weiß nämlich nicht, wie das geht."

Leo ist sichtlich aufgebracht.

Wortlos schnappe ich mir Tobis Laptop und erschrecke mich, als ich Leos Video auf der Startseite sehe. Nicht ganz oben und auch nicht sehr groß, aber eben deutlich zu sehen. Auch für jeden, der nicht explizit danach sucht. Tobi klickt drauf. Gespannt schauen wir auf den Bildschirm, während Leo sich die Augen zuhält. Im Video begrüßt Leo ihre Follower und schüttet sich den Eimer über den Kopf.

Klatschnass steht sie vor der Kamera. „Ups", macht Tobi. Mir steht der Mund offen. Leos T-Shirt samt Bikini ist von cremefarben und weiß zu durchsichtig geworden. Man sieht nicht nur deutlich ihren Bauchnabel, sondern auch ihre gesamte Brust. Wenn sie sich nackt vor die Kamera gestellt hätte, hätte man auch nicht viel mehr sehen können als jetzt.

„Wilma, wieso hast du das hochgeladen?", fragt sie mich.

„Ich habe es hochgeladen, ohne es vorher anzuschauen, wie du gesagt hast!", rechtfertige ich mich.

„Wie kann man nur so dumm sein!", wirft sie mir vor.

„Ein schwarzes T-Shirt hätte es auch getan!", schreie ich sie an.

„Alter Verwalter", sagt Tobi plötzlich, als er sich durch die Kommentare des Videos liest.

„Schlimm genug, dass es schon 190.361 Aufrufe gibt. Aber die Kommentare sind der Horror", meint er.

„PrincessLeo macht sich nackig für Klicks", lese ich.

„Armselig. Und dabei ist sie nicht mal 18!", liest Tobi vor.

„Wenn sie wirklich Oberweite hätte, wäre es schöner gewesen", lese ich leise. In dem Moment schluchzt Leo laut auf. Tränen laufen ihre Wange hinunter. Ich stehe auf und reiche ihr ein Taschentuch.

„Wie lautet dein Passwort?", schreit Tobi aufgebracht. Leo und ich schauen ihn mit großen Augen an.

„Sag mir dein Passwort!", wiederholt er sich. Leo gibt ihre Zugangsdaten in Tobis Laptop ein. Wie wild klickt er auf seinem Laptop rum, bis er schließlich die Option Löschen anklickt.

Es dauert ein paar Augenblicke, dann wird auf der Internetseite bestätigt, dass das Video gelöscht ist.

„Geht doch!", sagt Tobi und reibt sich seine Hände, als würde er Dreck von ihnen abwaschen. Beeindruckt schaue ich ihn an. Leo vertraut der ganzen Sache noch nicht: „Und jetzt kann wirklich niemand mehr das Video sehen?"

Tobi nickt.

„Das Video wurde von deinem Kanal komplett entfernt. Hoffen wir, dass es keiner gesehen hat, den wir kennen", erklärt er.

„Danke Tobi. Wirklich. Ich hätte nicht gedacht, dass du so cool bist", bedankt Leo sich.

„Ein Gutes hat die Sache doch aber", bemerke ich. Leo schaut mich entgeistert an. „Du bist die Einzige von uns, die fast 200.000 Klicks hatte. Das ist fast eine Viertel Million! Nicht mal Tobi hat so viele Klicks", sage ich respektvoll.

Jetzt ist es Tobi, der mich entgeistert anschaut. Der Schreck fährt durch meine Glieder.

Da war ja was. Ich habe versprochen, Leo nichts davon zu erzählen, dass auch Tobi Videos dreht.

Wie eine echte Vertrauensperson, habe ich das auch geschafft. Nicht. Mist.

„Wilma?", fragt er eindringlich.

„Ich, also, ich, nur Leo weiß davon", stottere ich.

„Ja, und wenn es Leo weiß, weiß es die halbe Stadt. Oh warte, lass mich das korrigieren. Die GANZE Stadt", meckert er.

„Na hör mal!", gibt Leo ihren Senf dazu. Leider hat Tobi recht. Leo ist nicht die beste Person darin, Geheimnisse für sich behalten. Ich wohl auch nicht.

„Es tut mir leid", stammele ich und schaue auf den Boden.

„Ich glaube ihr geht jetzt besser", sagt Tobi trocken.

„Gut, ich muss sowieso dringend nachhause. Nach dem ganzen Schreck habe ich riesigen Hunger", meint Leo und steuert Richtung Tür.

Ich sitze starr auf Tobis Bett, als wäre ich aus Beton. Wenn ich jetzt gehe, dann komme ich vielleicht nie mehr wieder. Tobi wird mir nie verzeihen, denke ich. Leo bemerkt, dass ich zögere. Tobi sagt ebenfalls kein Wort.

„Könnt ihr das hier vielleicht noch kurz klären bitte?", befiehlt Leo und rollt mit den Augen.

„Da gibt es nichts mehr zu klären", erwidert Tobi in einem Ton, den sonst nur Gefängniswärter verwenden.

„Du stellst dich aber auch an. Du drehst Videos, die für alle öffentlich im Internet zu sehen sind. Ich glaube du hast noch nicht ganz begriffen, was das bedeutet", meckert Leo und drückt schon die Türklinke herunter.

„Haha- da kann ich ja nur lachen! Wer kam denn noch vor einer Minute an und bettelte darum, dass ich das Video lösche, weil Madame PrincessLeo nicht begriffen hat, dass man sich vor aller Welt nicht nackig machen sollte!", keift Tobi.

Punkt für ihn. Ich spüre, wie die ganze Situation langsam aber sicher eskaliert. Ich schnappe meine Sachen und ziehe Leo aus Tobis Zimmer.

„Was bildet er sich ein!", murmelt sie beim Gehen. In meinem Magen rumort es. Das liegt teilweise daran, dass auch ich langsam Hunger habe, aber vor allem an unserem Streit.

„Bevor du gekommen bist, war es echt schön mit Tobi", sage ich leise, als wir mit den Fahrrädern nachhause fahren.

„Das freut mich, dass alles ohne mich schöner ist!", meckert Leo und biegt in ihre Straße ein.

Ich seufze. Vielleicht ist Vollmond, oder starker Luftdruck. Irgendetwas muss in der Luft liegen, weswegen gerade alle durchdrehen. Meine Oma Wilma würde sagen, das ist die Pubertät.

#8 Regen und Panik

Einen Tag nach der Katastrophe würdigt mich Tobi in der Schule mit keinem einzigen Blick.

Leo hingegen hat sich wieder beruhigt und umarmt mich herzlich. So schnell wie sie sich aufregt, kann sie sich auch wieder abregen. Ich atme erleichtert auf.

„Hilfst du mir, mich bei Tobi zu entschuldigen?", frage ich Leo.

„Ich kann den Fisch zwar nicht leiden, aber von mir aus. Wenn es dich glücklich macht", meint sie. Das tut es, denke ich.

„Was geht da eigentlich ab zwischen euch?", bohrt Leo nach.

„Ähm, nichts", tue ich unschuldig.

„Aber du meintest, es war so schön, bevor ich kam. Habt ihr etwa...?", erkundigt sie sich.

„Was? Um Gottes Willen, was denkst du von mir?", sage ich erschrocken.

Leo grinst belustigt. In der Pause ziehe ich sie in die letzte Ecke vom Schulhof, um ihr alle Details zu erzählen. Vor den großen Kastanienbäumen fühle ich mich sicher genug.

„Wir haben einen Film geschaut. Und dann hat er den Arm um mich gelegt!", quietsche ich aufgeregt.

„Vielleicht hätte er mich auch geküsst!", setze ich noch einen drauf. Leo staunt: „Ich freu mich so für dich, Wilma! Das wäre ja was, wenn du vor mir einen Freund hättest."

Ich nicke stolz. Ja, das hätte auch ich nie für möglich gehalten. Leo hat hin und wieder mit jemandem aus unserer Klasse geflirtet, sie ist auch mal ins Kino gegangen. Aber einen richtigen Freund hat sie noch nie gehabt.

Als wir den Pausengong hören, gehen wir wieder in Richtung Klasse. Kurz vor der Eingangstür der Schule stehen eine Handvoll Jungs aus der Parallelklasse. Alle starren auf ein Smartphone.

Typisch, denke ich. Als Leo und ich an ihnen vorbeigehen, prustet einer los:

„Na PrincessLeo, wo hast du deinen Bikini gelassen?"

„Hol den Wassereimer!", schreit ein anderer laut. Leo zuckt zusammen.

Das kann ja nur eines bedeuten. Wutschnaubend stapft sie direkt auf den Jungen zu, der sein Smartphone in der Hand hält. Mit Tigerkräften reißt sie ihm das Handy aus der Hand.

„Hey, was soll das?", fragt er erschüttert, doch Leo rennt los. Sie rennt so schnell, wie sie es sonst nur auf dem Sportplatz tut. Mit dem Handy in der Hand steuert sie direkt auf das Mädchenklo zu und schließt sich in der letzten Toilette ein. Ich renne ihr hinterher und klatsche an die Toilettentür.

„Mach auf, Leo!", schreie ich. Ich höre wie Leo das Video auf dem Handy abspielt, das die Jungen gerade geschaut haben. Am Ton erkenne ich ganz genau, dass es wirklich Leos Eisbucket-Challenge-Video ist.

Wie kann das sein, wo Tobi das Video doch extra gelöscht hat?

Zu meiner Überraschung öffnet Leo die Tür.

„Den mache ich fertig!", schnaubt sie und rennt in unser Klassenzimmer.

Auch diesmal renne ich ihr hinterher. Sie geht schnurstracks auf Tobi zu, und hält ihm das Handy vor die Nase.

„Was ist das?", fragt sie ungeduldig.

„Ein Handy?" Tobi zieht die Augenbrauen hoch.

„Du verarscht mich nicht noch einmal, Fisch-Tobi! DAS Video ist nicht gelöscht!", sagt Leo mit sehr wütendem Ton. Tobi rollt mit den Augen. Ich sehe ihm an, dass er nicht schon wieder Lust auf Streit mit Leo hat.

„Ich habe es aber gelöscht. Und jetzt würde ich mich gerne auf den Unterricht vorbereiten", meint Tobi trocken.

„Tobi, das Video ist wirklich noch online", murmele ich leise. Erst jetzt schaut Tobi auf das Display und versteht, was wir meinen.

„Das kann doch nicht...", murmelt er und nimmt Leo das Handy aus der Hand. Er tippt ein wenig auf dem Bildschirm herum.

„Das ist nicht dein Kanal. Und der Titel vom Video heißt jetzt: PrincessLeo macht sich nackig", liest Tobi vor. Leo bekommt große Augen.

„Wie kann denn jemand anderes mein Video hochladen?", fragt sie erschüttert.

„Indem er das Video runtergeladen hat, solange es noch für alle sichtbar war. Dann lädt er es einfach auf seinem Kanal hoch", erklärt Tobi.

„Und erntet einen Haufen Klicks", ergänze ich.

„Du musst das sofort wieder löschen!", schreit Leo zu Tobi.

„Ich kann das nicht löschen. Man kann kein Video von einem fremden Kanal entfernen", antwortet er. Ich sehe aus dem Augenwinkel, wie Leos Lippe anfängt, nervös zu zucken. In dem Moment stürmen die Jungen aus der Parallelklasse herein, um das Handy zurückzuholen. Es entsteht eine kleine Rangelei, weil Leo das Handy weiterhin fest in ihrer Hand hält. „Gib es wieder her, du Nacktschnecke!", ruft einer der Jungen. Leos Kopf wird krebsrot vor Wut. In dem Moment kommt Herr Berg ins Klassenzimmer.

„Was ist denn hier los?", brüllt er mir tiefer Stimme. Keiner beachtet ihn. Erst als er noch lauter wird, zucken alle zusammen. „Parallelklasse, raus! Leonie, nach vorne!", befiehlt er lautstark.

Ich wette diese Ansage kann sogar der Schulleiter ein Stockwerk höher noch mithören.

Die Jungs aus der Parallelklasse verschwinden. Ich setze mich langsam an meinen Platz. Leo trottet mit gesenktem Kopf nach vorn.

„Hinlegen!" Herr Berg zeigt auf das Handy. Mit einem Seufzen legt Leo es auf seinem Pult ab.

„Wir sprechen nach dem Unterricht", sagt er zu Leo. Sie nickt unterwürfig und geht an ihren Platz. Die ganze Stunde lang kaut Leo an ihrer Unterlippe. Ich sehe ihr ihre Anspannung deutlich an. Als ich hilflos zu Tobi schaue, zuckt der nur mit den Schultern.

Nach der Stunde schickt Herr Berg uns alle nach draußen. Nur Leo muss im Klassenraum bleiben. Tobi und ich tun so, als ob wir auf den Pausenhof laufen. In Wirklichkeit warten wir vor der Zimmertür und pressen unsere Ohren daran.

„Ich kann ja verstehen, dass für euch das Internet und die Handys das Wichtigste sind", fängt Herr Berg an zu reden.

„Aber DAS hier?"

Herr Berg spielt das Video vor Leo ab. Schon wieder muss ich das *platsch* hören, als Leo sich den Eimer über den Kopf gestülpt hat.

„Ist dir eigentlich bewusst, was so ein Video in der Öffentlichkeit bedeutet?", fragt Herr Berg eindringlich.

„Jeder kann dich so sehen, Leonie! An die Menschen, die damit noch ganz andere Dinge vorhaben, will ich gar nicht denken", erklärt der Lehrer. Leonie sagt kein Wort.

„Ich muss das deinen Eltern melden", sagt er trocken. Erst jetzt gibt Leo ein Geräusch von sich. Es ist ein herzzerreißendes Schluchzen.

Tobi und ich springen aufgeregt zur Seite als wir hören, wie Herr Berg auf die Tür zugeht. Sofort renne ich zum Süßigkeiten Automaten und tippe darauf rum.

„Magst du lieber mit Nüssen oder mit Karamell?", frage ich Tobi, damit Herr Berg keinen Verdacht schöpft. Der jedoch schreitet nur eilig an uns vorbei ins Lehrerzimmer. Sofort stürme ich zu Leo. Sie sitzt kauernd am Boden, Tränen laufen ihre Wangen hinunter. Kein einziges Wort kommt aus ihrem Mund. Ich streichele sanft ihre Schulter.

„Meine Eltern bringen mich um", jammert sie.

„Ich darf nie wieder irgendwas. Bestimmt muss ich in meinem Zimmer verhungern, bis ich 50 bin!", übertreibt sie.

„Jetzt lass uns erst mal zu dir nachhause gehen. Ich begleite dich auch", schlage ich vor. Obwohl Leonie nicht so richtig davon überzeugt ist, dass wir sie begleiten, fahren Tobi und ich gemeinsam zu ihr nachhause.

Wir stellen unsere Räder an den Gartenzaun und Leo kramt nach ihrem Haustürschlüssel in der Schultasche. Aus den Augenwinkeln sehe ich durch das Fenster, dass ihre Mutter uns schon gesehen hat. Mit großen Schritten geht sie auf die Tür zu und öffnet sie.

„Na endlich, da bist du ja", sagt sie.

„Ich habe Wilma und Tobi mitgebracht", beginnt Leo, wird aber sofort von ihrer Mutter unterbrochen.

„Leonie kann heute keinen Besuch empfangen. Schönen Tag euch noch", sagt sie trocken. Leonie senkt den Kopf und trabt Richtung Eingangstür.

„Wir sehen uns im nächsten Leben", murmelt sie. Dann geht sie ins Haus und die Eingangstür knallt laut zu. Ich zucke zusammen.

„Die arme Leonie. Ich würde ihr gerne irgendwie helfen. Nur wie?", frage ich Tobi, der sich schon wieder auf sein Fahrrad schwingt.

„Kommst du mit zu mir? Ich will mir das Ausmaß der Katastrophe anschauen", meint er und fährt los.

Ich springe auf meinen Drahtesel und fahre ihm hinterher. Ein letztes Mal schaue ich zu Leos Haus zurück, als könnte ich ihre Eltern damit irgendwie besänftigen.

In Tobis Zimmer angekommen, fährt er seinen Laptop hoch. Ich schaue ständig auf mein Handy, falls Leo sich meldet. Tobi schnappt sich den Laptop, setzt sich neben mich auf sein Bett und beginnt wild auf der Tastatur rumzudrücken.
„Dies hier ist eine exakte Kopie von Leos Video, aber das kennen wir ja schon. Das gibt es so noch einmal, von einem anderen Kanal. Und hier, schau mal."
Tobi zeigt auf den Bildschirm. Dort ist das Video: „Die dümmsten Videos des Monats" zu sehen. Auf Platz 1 hat es ein Junge geschafft, der sich beim Skateboard-Fahren filmt und dabei gegen einen Baum fährt. Auf Platz 2 ein Mädchen, das sich die Haare mit einem Lockenwickler hübsch macht. Da der Lockenstab aber viel zu heiß eingestellt ist, brennt ihr eine dicke Haarsträhne ab.
Ich kichere ein bisschen, auch wenn beide Videos ziemlich gefährlich aussehen. Auf Platz 3 ist schließlich Leo zu sehen. Wie sie sich vor aller Öffentlichkeit blamiert.
„Oh nein, wie oft ist das Video noch im Netz zu sehen?", jammere ich.

„Ich schätze, es gibt noch mehr als diese drei hier. Wir können auf Anhieb gar nicht alle finden, da wir ja die Namen der Videos nicht kennen.

„Kannst du das nicht irgendwie doch löschen?", frage ich.

Tobi schüttelt den Kopf.

„Dazu bräuchte ich ja die Zugangsdaten der Kanäle, die die Videos hochgeladen haben. Ich bin ja kein Hacker oder sowas", erklärt er.

„Heißt das, wir bekommen das Video nie wieder aus dem Internet?", frage ich entsetzt.

„Mir hat mal jemand gesagt, dass das, was man einmal ins Internet gestellt hat, nie wieder daraus verschwindet", antwortet er weise.

„Das heißt, alle werden Leo ihr Leben lang dafür auslachen? Wie schrecklich!", keuche ich aufgebracht.

„Ach Quatsch. Das Gute am Internet ist, dass es so schnelllebig ist. In ein paar Wochen wird sich niemand mehr die Videos von heute anschauen. Da wächst schneller Gras drüber, als wir denken", erläutert Tobi.

„Das wäre immerhin etwas", stelle ich fest.

„Ich wollte mich übrigens noch bei dir entschuldigen", fange ich an.

„Ich hätte Leo nichts von deinem Kanal erzählen sollen. Das tut mir leid", entschuldige ich mich.

„Schon okay. Ihr habt ja auch recht. Ich kann nicht erwarten, dass niemand aus der Schule was von den Videos mitbekommt",
nimmt er die Entschuldigung an.

„Ich finde, du kannst auch stolz auf deinen Kanal sein. Der ist irgendwie erwachsen. Seriös und so", lobe ich ihn.

Tobi nickt anerkennend.

„So eine Katastrophe wie Leo passiert dir sicher nicht", stelle ich fest.

„Man muss immer aufpassen, was man im Internet von sich preisgibt. Das fängt bei den persönlichen Daten an und hört bei komischen Videos auf. Stell dir mal vor, du bewirbst dich nach dem Abitur bei einer Arbeitsstelle. Dein Chef könnte jetzt im Internet recherchieren, was du schon so alles gepostet und veröffentlicht hast. Manche stellen ja auch Partybilder online, sogar wenn sie betrunken sind. Und ob dich der Chef dann anstellt, wage ich zu bezweifeln", meint Tobi belehrend.

Ich wundere mich schon wieder, wie erwachsen er klingt.

„Darüber habe ich noch nie nachgedacht!", gebe ich zu.

Niemand möchte sich seine Zukunft durch dämliche Videos versauen. Auch ich nicht. Tobi schaut mich mit seinen großen blauen Augen an.

„Aber dafür bin ich ja jetzt da. Um dich zu beschützen", säuselt er.

Ich schlucke. Dieses Treffen nimmt schon wieder eindeutig die Autobahn Richtung Dating. Tobi neigt sein Gesicht weiter in meine Richtung. Sein Mund kommt meinem verdächtig nahe.

„Ich muss dringend darüber nachdenken", sage ich hastig und springe vom Bett auf.

„Über uns?", fragt Tobi.

„Über die Sache mit dem Internet. Datenschutz und so", lüge ich und packe meine Sachen zusammen.

„Tschaui", rufe ich Tobi noch zu und laufe schnell zu meinem Fahrrad.

Als ich losfahre, bekomme ich einen ersten Regentropfen ab. Ich trete schneller in die Pedale, um noch nachhause zu kommen, bevor der Regen richtig losgeht. Tropf, Tropf, Tropf. Bei halber Strecke hat sich der Nieselregen in Starkregen verwandelt und nässt mich bis auf meine Unterhose durch. Zuhause komme ich an wie ein begossener Pudel.

Mit gesenktem Kopf trotte ich in mein Zimmer. Meine Mutter ruft mir noch:

„Wilma, geh sofort duschen, du erkältest dich noch! Ich braue dir einen Kräutertee!" zu, aber ich ignoriere sie. In meinem Zimmer tausche ich meine durchnässten Sachen mit einem kuscheligen Pullover und einer Jogginghose aus. Der Regen pladdert laut an die Fensterscheiben. Ich reibe meine nassen Haare mit einem Handtuch trocken und werfe mich aufs Bett.

Ein Blick auf mein Handy verrät mir, dass Leo sich immer noch nicht gemeldet hat. Vermutlich hat sie nicht nur Hausarrest, sondern auch Handyverbot. Nachdenklich schaue ich auf mein Handy. Ich gehe ins Internet und scrolle mich durch meinen Kanal. Bisher habe ich fünf Videos hochgeladen. Mehr als 2000 Klicks hat keines von ihnen. Es gibt eine Hand voll Kommentare, die nett sind.

„Schönes Video!", steht da. Leider gibt es auch einige Kommentare, die böse sind. „Voll langweilig", lese ich. Ein Blick auf meine Followerzahl verrät mir, dass sie schon wieder gesunken ist.

Im Vergleich zu Babsis Beauty Palace ist die Zahl auch wirklich lächerlich.

Es ist unwahrscheinlich, dass mein Kanal jemals so berühmt wird, denke ich. Ob ich ihn löschen sollte? Ich klicke mich durch die Internetseite und finde schließlich das Feld, wo „Konto löschen" steht. Zögerlich halte ich den Mauszeiger darüber. Tobi löscht seinen Kanal ja auch nicht, nur weil Leo Mist gebaut hat, fällt mir ein. Ich lege mein Handy beiseite, den Kanal habe ich noch nicht gelöscht.

Eine Sekunde später habe ich das Handy wieder in der Hand. Tobi hat mir eine SMS geschrieben.

„Schlaf gut und träum süß, dein Tobi", lese ich. Wie lieb von ihm. Ich antworte, dass auch er gut schlafen soll. Beim nächsten Treffen küsst er mich bestimmt, schießt es mir durch den Kopf. Das geht aber nicht! Dann würde er merken, dass ich noch nie jemanden geküsst habe, und sofort wegrennen. Weil es sich für ihn dann bestimmt anfühlt, als würde er eine Nacktschnecke küssen. Oder eine Kuh. Oder einen Frosch, der keine Prinzessin wird. Panisch schlafe ich ein.

#9 Die Kuss-Schule

Bald darauf scheint die Sonne wieder.
Ein wenig müde fahre ich zur Schule. Kurz vor dem Schultor fällt mein Blick auf den kleinen Kiosk.
Gut sichtbar ist dort die neueste Ausgabe der Mädchenzeitschrift aufgestellt.
„Die Kuss-Schule - so lernst du Küssen vor dem ersten Kuss",
steht in bunten Druckbuchstaben auf dem Cover. Lachend fahre ich weiter. Das ist genau das, was mir mit Tobi weiterhilft, schießt es mir durch den Kopf. Zu allem Aufsehen mache ich kurz vor dem Schultor eine Vollbremsung und schiebe mein Rad langsam zurück Richtung Kiosk.
„Die Mädchenzeitschrift einmal bitte",
flüstere ich leise zum Verkäufer und

krame mein Kleingeld aus der Tasche. Ich nehme die Zeitung entgegen und stecke sie blitzschnell in meine Tasche.

Nervös schaue ich mich um, ob mich jemand gesehen hat. Mit der Zeitung in der Tasche gehe ich unschuldig pfeifend ins Schulgebäude.

„Ist Leo schon da?", frage ich Tobi im Klassenzimmer.

Er schüttelt den Kopf.

„Sie findet bestimmt nichts zum anziehen", spottet Felix aus der ersten Reihe.

„Obwohl, es macht ihr ja auch nichts aus, nackt zu sein!", lacht Dominik neben Felix. Ich werfe den beiden einen bösen Blick zu und bin froh, dass Leo das nicht hören muss. Alle weiteren Witze und Lästereien bekommt Leo an diesem Tag auch nicht mit, weil sie gar nicht erst in der Schule erscheint. Ich schreibe ihr eine SMS, bekomme aber keine Antwort. Bestimmt haben ihre Eltern ihr das Handy ganz weggenommen, denke ich. In der Pause schnappe ich mir das Mathebuch, meine Zeitung und eine Tüte Kakao und schleiche mich in die Bibliothek.

Auf einem großen, roten Sitzsack nehme ich Platz. Ich schlage zuerst das Mathebuch auf und dann die Zeitung, die ich hinter dem Mathebuch verstecke. So kann ich ungestört die „Kuss-Schule" lesen, ohne dass jemand Verdacht schöpft. Natürlich ist es dem Rest der Klasse längst aufgefallen, dass ich öfter mal mit Tobi rumhänge. Bevor ich mich in der Mädchenzeitschrift vertiefen kann, fällt mir eine Gruppe Jungs auf. Sie sitzen an einem großen Holztisch und alle starren auf ein Smartphone. Lachend schauen sie ein Video. Als ich das bekannte *platsch* und Leos Stimme höre, wird mir ganz schlecht. Das Video ist also immer noch im Netz verfügbar. Und es ist immer noch Topthema der Schule. „Spiel es nochmal ab! Das ist so sexy!", höre ich einen der Jungs sagen. Er sagt das so laut, dass die Bibliotheksaufsicht ihn kurzerhand rausschmeißt.

Seine Freunde gehen ebenfalls lachend aus der Bibliothek. Ich atme tief ein. Wann wird dieser Terror endlich aufhören?

Um mich abzulenken, beginne ich endlich, den Zeitungsartikel zu lesen.

„Wenn du noch nie jemanden geküsst hast, kann dein Date das schnell merken. Hier sind fünf Tipps, wie du vor dem Küssen das Küssen lernst", steht da. Bingo, denke ich und lese gierig weiter.

„Ach hier bist du."

Jemand tippt mir auf die Schulter. Ich zucke zusammen. So sehr, dass ich das Gleichgewicht verliere und samt Sitzsack nach hinten umfalle. Tobi schaut mich grinsend an.

„Ich weiß ja, dass ich umwerfend bin, aber das hier sieht fast gefährlich aus", kichert er.

Nervös rappele ich mich auf und schaue mich suchend um. Mein Mathebuch liegt noch auf meinem Schoß. Sehr gut. Nur wo ist die verdammte Zeitung?

„Suchst du die hier?" Tobi hält die Zeitung in der Hand, der Kuss-Artikel ist immer noch aufgeschlagen. Als er die Überschrift liest, läuft er rot an.

„Hier, nimm", sagt er und gibt mir blitzschnell die Zeitung in die Hand.

„Ich, ich lese die eigentlich nur wegen dem Horoskop und so. Ich bin Sternzeichen. Äh Zwilling", stottere ich und stopfe die Zeitschrift unter meinen Pullover.

Tobi nickt.

„Schön. Wollen wir nachher zusammen ein Eis essen gehen?", fragt er. Erst jetzt fällt mir auf, wie nervös er seine Hände aneinander reibt.

„Okay", murmele ich und schaue schüchtern auf den Boden.

Unsere peinliche Stille wird erst durch den Pausengong beendet.

Ohne ein Wort miteinander zu reden, gehen wir ins Klassenzimmer. Ich hätte diese dumme Zeitung nie kaufen sollen. Jetzt denkt Tobi sicher, ich bin so eine unerfahrene Unke. Die ich ja auch bin. Mist.

Genau zwei Mathematikstunden lang habe ich Zeit, mir den Kopf darüber zu zerbrechen, wie peinlich diese Situation gewesen ist. Wie peinlich mein gesamtes Leben manchmal ist. Und was Tobi jetzt von mir denkt?

Nachdem der Unterricht endlich aus ist, gehen Tobi und ich gemeinsam zu unseren Fahrrädern.

„Wollen wir zum Eiscafé am Park?", fragt er mich. Ich nicke und wir fahren los. Bei strahlend schönem Wetter kommen wir etwas später beim „Eispark" an. Der Name unseres Eiscafés ist genauso einfallsreich wie die Eissorten selbst. Es gibt Schoko, Vanille und Erdbeere. Die vierte Sorte, die es gibt, wechselt monatlich. Alle Bürger der Stadt profitieren von diesem wechselnden Geschmackserlebnis.

„Es gibt diesen Monat Schlumpf", begrüßt uns die stets motivierte Verkäuferin.

„Bäh", sagt Tobi und die Verkäuferin verzieht beleidigt das Gesicht.

„Zweimal Schoko bitte", bestellt Tobi.

„In der Waffel oder im Becher?", fragt die Verkäuferin.

„In der Waffel. Was nimmst du Wilma? Ich lade dich ein", sagt Tobi großzügig.

Zwei kleine Mädchen, die hinter uns in der Schlange stehen, kichern laut.

„Erschlpf", murmele ich schüchtern. Das löst bei einem der zwei Mädchen einen mittelgroßen Lachkrampf aus.

„Erdbeere und Schlumpf", korrigiere ich mich schnell. Tobi bezahlt und wir gehen vom Eisstand weg.

„Danke", hauche ich und lecke genüsslich am Eis.

„Gerne", murmelt Tobi mit vollem Mund. Langsam schlendern wir durch den Park.

„Du magst also Schoko", beginne ich das Gespräch.

„Und du Schlumpf", erwidert Tobi. Ich lache. Das Eis schmeckt wirklich ziemlich merkwürdig.

„Weißt du eigentlich, wie die das herstellen?", fragt er mich.

„Na aus Milch oder so", antworte ich schlau.

„Ja, aus Milch. Aber was meinst du, was der Sorte die blaue Färbung gibt?"

Tobi schaut mich eindrucksvoll an. „Blaubeeren?", versuche ich mein Glück.

„Schlümpfe", sagt er.

„Alte, tote Schlümpfe."

Ich spucke mein Eis aus dem Mund aus.

„Bäh!", keife ich und lache.

„Das ist nicht lustig, liebe Wilma. Die Schlümpfe müssen einen qualvollen Tod erleiden, im Mixer", erzählt Tobi ernst.

„Hör auf, das ist ja nicht auszuhalten!", stoppe ich seine Fantasie. Tobi lacht noch eine ganze Weile. Ich lache auch. Dicht nebeneinander schlendern wir durch den Park. Wir reden über die Schule, über unsere Eltern und über Fische. Und natürlich über Axolotl Wilma.

„Ich mache mir langsam Sorgen um Leo", gebe ich zu.

„Sie meldet sich nicht, vermutlich haben ihre Eltern ihr das Handy abgenommen."

„Wir können doch jetzt kurz bei ihr vorbeifahren", schlägt Tobi vor.

„Ich weiß nicht. Ihre Eltern lassen uns niemals rein", gebe ich zu bedenken.

„Wenn Leo Hausarrest hat, darf sie sicher auch keine Freunde sehen. Dann müssen wir uns eben anders bemerkbar machen", sagt Tobi.

„Also gut, auf deine Verantwortung", sage ich und ziehe Tobi aus dem Park zu unseren Fahrrädern zurück. Wir fahren gemütlich zu Leos Haus. Es liegt etwas versteckt am Rand vom Stadtwald. Unsere Drahtesel stellen wir hinter der hohen Hecke ab, sodass sie keiner sehen kann.

„Klingelst du jetzt?", frage ich Tobi leise. Er schüttelt den Kopf und schaut suchend auf den Boden. Dann pickt er zwei kleine Steine vom Boden auf.

„Hinter welchem Fenster ist Leos Zimmer?", erkundigt er sich.

„Du spinnst ja. Nachher geht noch das Fenster kaputt!", meine ich ängstlich.

„So ein Quatsch! Das rechte Fenster?"
Tobi lässt nicht locker. Ich nicke. Als Tobi
ausholt, um den Stein an Leos Fenster zu
werfen, kneife ich ängstlich meine Augen
zusammen. Ich mag gar nicht daran
denken, was so eine Glasscheibe kostet.
Klack
Das Steinchen ist mitten auf Leos Fenster
aufgeprallt.
„Was ist, wenn sie gar nicht in ihrem
Zimmer ist?", zische ich leise. Tobi nimmt
das zweite Steinchen in die Hand und holt
erneut aus. Es trifft wieder mitten auf die
Scheibe.
Einen kurzen Moment lang passiert gar
nichts. Tobi und ich sind kurz davor,
aufzugeben, als man plötzlich Stimmen
durch das angeklappte Küchenfenster
hört.
„Ich gehe mal Unkraut zupfen", höre ich
Leos Stimme.
Dann sehe ich sie aus der Gartentür
laufen, bepackt mit Gartenhandschuhen
und irgendeinem Werkzeug. Zielgerichtet
geht sie auf die Beete ganz am Rand vom
Garten zu.
„Psssst", zischt sie leise.
„Leo, hier sind wir!", flüstere ich.

„Wilma, Tobi! Ihr könnt euch gar nicht vorstellen, wie glücklich ich bin, mit euch reden zu können", murmelt Leo und beginnt, Unkraut zu zupfen.

„Wieso warst du nicht in der Schule?", fragt Tobi.

„Ich war mit meinen Eltern bei einem Rechtsanwalt, der aufs Internet spezialisiert ist. Nachdem Herr Berg ihnen vom Video erzählt hat, sind sie völlig durchgedreht. Ich habe vier Wochen Hausarrest. Und zusätzlich Handyverbot, Internetverbot. Alles Verbot. Sie haben mir meine Kamera weggenommen. Mein Vater checkt ständig, ob das Video wieder irgendwo auftaucht", erzählt sie traurig.

„Und warum musstest du zu einem Rechtsanwalt?", frage ich leise.

„Meine Eltern wollen die Internetseite verklagen, auf der die Videos auftauchen. Dabei hat die Seite selbst gar nichts damit zu tun. Keine Ahnung, ob das was bringt. Die Anwaltskosten soll ich jedenfalls selbst bezahlen. Wisst ihr, was das kostet? Ich werde die ganzen Sommerferien über arbeiten müssen!", klagt Leo. Sie reißt wütend einen Büschel Gras aus dem Beet.

„So eine scheiße!", flüstert Tobi.

„Vielleicht finden wir ja zusammen einen Ferienjob. Dann ist es nicht mehr ganz so schlimm", schlage ich vor.

„Wilma, du bist eine echte Freundin", flüstert Leo hinter der Hecke.

„Leo, komm rein zum Abendessen!", ruft ihre Mutter aus dem Haus. Leo zuckt zusammen und geht Richtung Haus.

„Kommst du morgen wieder zur Schule?", flüstere ich schnell.

Sie nickt und ist schon im Haus verschwunden. Tobi und ich schnappen uns wieder unsere Fahrräder und fahren langsam los. Keiner von uns beiden weiß so richtig, wo wir hinfahren.

„Wie fandest du eigentlich den Zeitungsartikel übers Küssen?", fragt Tobi plötzlich. Ich reiße den Mund auf und verschlucke mich an einer Fliege, die ich einatme.

„Da war einer übers Küssen? Achso, den habe ich gar nicht gelesen", lüge ich hustend.

„Schade. Wann findest du, ist der richtige Zeitpunkt für den ersten Kuss?", erkundigt sich Tobi und schaut dabei konzentriert nach vorne. Diese Frage finde ich ziemlich peinlich.

„Naja wenn beide sich mögen? Vielleicht passiert das dann von alleine", murmele ich und versuche, möglichst erfahren zu klingen. Tobi nickt.

„Es sollte schon romantisch sein", hole ich aus, „die Stimmung muss einfach da sein. So dass man gar nicht anders kann."

Jetzt denkt Tobi sicher, ich habe schon viele Jungs geküsst.

„Willst du morgen zum Filmabend zu mir vorbeikommen?", fragt Tobi. Das geht mir jetzt doch alles zu schnell.

„Puh, so spät schon. Wenn ich pünktlich zum Abendessen bei meinen Eltern sein will, muss ich mich beeilen. Tschaui!", rufe ich Tobi hinterher und trete fest in die Pedale. Ein Blick über meine Schulter verrät mir, dass Tobi ziemlich verdattert dasteht.

Zuhause angekommen, verpasse ich das Abendessen unter dem Vorwand, Bauchschmerzen zu haben.

Stattdessen setze ich mich in meinem Zimmer aufs Bett und krame eine Tüte Chips unter dem Bett hervor.

Die ist zu groß, um sie im Süßigkeitenfach zu verstauen. Fröhlich kauend hole ich die zerknitterte Zeitung aus meiner Schultasche und lese endlich den Kuss-Artikel. Darin steht, man soll mit seinem Handrücken üben. Wie ein bescheuerter Frosch „küsse" ich also meinen Handrücken und stelle mir vor, dass er Tobi sei. Wenige Sekunden später bemitleide ich mich selbst und finde mich ziemlich armselig.

So lernst du das nie, denke ich. Was ist noch wichtig? Lippenpflege. Ich fasse mir an meine spröden Lippen. Morgen kaufe ich mir einen Fettstift!

Entschlossen klappe ich die Zeitschrift zusammen und werfe sie unter mein Bett. Dann hole ich meinen Laptop und stöbere ein wenig im Internet. Als ich ungewollt auf eine weitere Kopie von Leos Wassereimer-Video stoße und die fiesen Kommentare lese, steht eines fest: Ich werde meinen Kanal löschen. Wenn ich weiterhin aktiv bleibe, unterstütze ich indirekt die Leute, die über Leo herziehen. Das kann ich mir als beste Freundin nun wirklich nicht leisten. Diesmal finde ich auf Anhieb den Button, auf dem *„Kanal löschen"* steht.

Entschlossen klicke ich drauf. Ein paar Sekunden später dann die Bestätigung: Der Kanal WilmasWelt existiert nicht mehr. Ein wenig enttäuscht lege ich mich schlafen. Das ist also meine große Internet-Karriere gewesen.

So viel zu Glamour, Starleben und Limousinen. Tief in mir drin jedoch weiß ich, dass es die richtige Entscheidung ist, den Kanal zu löschen.

#10 Der Ausflug

Die nächsten Tage in der Schule gibt es nur ein Thema für Leo. Ihre Eltern und der Rechtsanwalt haben sie gezwungen, ihren Kanal „einzufrieren".

Sie darf weder Videos hochladen, geschweige denn den Kontakt zu ihren Followern pflegen. Erst, wenn die ganze Geschichte aus der Welt ist, darf sie eventuell wieder online gehen. Ich erzähle ihr, dass ich meinen Kanal komplett gelöscht habe.

„Wieso das denn? Du hättest doch noch berühmt werden können", zeigt Leo sich uneinsichtig.

„Ich bin es leid, die ganzen Lästereien über dich ertragen zu müssen. Da möchte ich nicht, dass mir sowas auch passiert", erkläre ich.

Tobi lauscht unserem Gespräch und nickt anerkennend.

„Wilma, diese Aktion zeigt wahre Größe", sagt er stolz. Ich grinse innerlich. Jetzt fühle ich mich ein wenig erwachsener als sonst.

„Ich finde das dumm. Du hattest doch schon eine Community", meint Leo.

„Und ich dachte, du hast aus deiner Geschichte gelernt", meine ich.

„Die besten Stars haben Skandale! Auch wenn es ganz schön peinlich ist", säuselt sie.

Dafür, dass sie gestern noch in Weltuntergangsstimmung gewesen ist, zeigt sie sich heute ziemlich eingebildet. Tobi denkt vermutlich dasselbe und guckt schockiert.

„Vielleicht gibt es auch eine Lösung für die ganze Geschichte. Ihr werdet schon sehen", verrät Leo geheimnisvoll.

„Aha", mache ich und schaue Tobi fragend an. Der zuckt nur mit den Schultern und gesellt sich zu den anderen Jungs.

Klingt für ihn sicher zu sehr nach Mädchenkram.

Bevor die nächste, ätzend lange Unterrichtsstunde bei Herrn Berg beginnt, hat der eine Ankündigung für uns:

„Guten Morgen meine Schüler. Wie besprochen fahren wir morgen nach Berlin, um ins Naturkundemuseum zu gehen." Begeistertes Stöhnen geht durch die Klasse.

„Dafür möchte ich jetzt das Geld einsammeln", sagt Herr Berg und sammelt von jedem drei Euro ein. Außer von Leo und von Felix, die sich theatralisch weigern, drei Euro für „alte Dino-Skelette" auszugeben.

„Im Naturkundemuseum wird euch einiges mehr als nur *alte Skelette* erwarten. Damit ihr auch wirklich aufpasst, bildet ihr Zweiergruppen und bearbeitet verschiedene Aufgaben im Museum", verrät Herr Berg und beginnt mit dem Unterricht.

„Wollen wir eine Gruppe sein?"

Tobi stupst mich sanft von hinten an. Ich werfe Leo einen unsicheren Blick zu – normalerweise sind wir immer eine Gruppe. Doch Leo winkt ab.

„Mach mal, ich komme morgen sowieso nicht mit", erklärt sie.

Ich schaue sie ungläubig an.

„Du willst schwänzen?", frage ich ängstlich.

„Nein. Ich bin für morgen freigestellt", erklärt sie.

„Wieso das denn?", fragt Tobi, der mal wieder alles mitgehört hat.

„Du Spitzel!", raune ich ihm leise zu.

„Geheim", sagt Leo trocken.

„Beste Freundinnen erzählen sich alles", flüstere ich genervt.

„Ich erzähle es dir, sobald ich mehr darüber erzählen kann", entgegnet sie noch geheimnisvoller.

„Aha", mache ich schon wieder.

„Dann sind wir eine Gruppe?" Tobi lässt nicht locker. Ich nicke zögerlich. Das kann ja heiter werden. Zwischen Skeletten und ausgestopften Tieren kann ich bestimmt nicht mehr so einfach davonlaufen, wenn es brenzlig zwischen uns wird.

Den ganzen restlichen Schultag und den ganzen Nachmittag zerbreche ich mir den Kopf darüber, wie der Wandertag morgen werden wird. Was ich sage, wenn Tobi wieder „uns" anspricht. In der Nacht träume ich von riesigen Dinosauriern und

Tobis Mund, der vor meinen Augen immer größer wird. Bis er so groß wird, dass er mich auffrisst.

Schweißgebadet wache ich auf, mein Wecker klingelt. Auf meinem Handy lese ich eine SMS von Leo:

„Viel Spaß mit Tobi. XOXO Leo"

Seit wann darf sie ihr Handy wieder benutzen? Irritiert stehe ich auf und setze mich an den Küchentisch.

Da ich heute früher dran bin als sonst, ist noch kein anderes Familienmitglied da. Das bedeutet im Klartext: Knusprige Schokocornflakes statt Bio-Dinkel-Vollkornmüsli für mich.

Ich krame die angebrochene Tüte aus der letzten Ecke im Küchenschrank hervor. Dazu ein kräftiger Schluck Vollmilch- herrlich.

Gedankenverloren und genüsslich kauend tippe ich eine Nachricht an Leo:

„Du hast dein Handy wieder?"

Dann stelle ich meine Schüssel in die Spüle und gehe los.

In 10 Minuten fährt der Zug nach Berlin. Am Bahnhof herrscht ein reges Treiben, bis der Zug endlich in den Bahnhof einfährt. Die ganze Klasse stürmt in den Zug, um die besten Plätze zu ergattern. Ich steige als letzte hinein und gehe durch das Abteil. Alle Plätze sind besetzt.

„Wilma, hier ist noch frei!", höre ich Tobi rufen. Ich wette jeden Cent darum, dass er nicht mal eine schwerbehinderte Oma neben sich sitzen gelassen hätte.

Nur, damit ich jetzt zufällig neben ihm sitzen kann. Aufgeregt setze ich mich. Er schaut mich mit seinen blauen Augen an.

„Herr Berg hat schon die Arbeitsblätter verteilt. Wir sind Gruppe *Fische*", erklärt er.

Warum wundert mich das nicht?

„Was müssen wir machen?", frage ich wenig interessiert.

„Steht alles hier. Lies ruhig", meint Tobi.

„Ich möchte lieber entspannt Musik hören", erkläre ich und ziehe meinen MP3-Player aus meiner Tasche.

„Okay."

Tobi kramt aufgeregt in seiner Tasche herum.

„Probiere doch mal meinen. Ich habe gestern neue Musik drauf gespielt", informiert er mich und zeigt mir seinen fischblauen IPod.

Der glänzt genauso hellblau wie seine Augen, denke ich.

Er reicht mir den IPod und unsere Hände berühren sich für einen Augenblick. Ein kurzer Blitz durchzuckt mich und ich ziehe meine Hand schnell zurück. Schüchtern stöpsele ich meine Kopfhörer in Tobis IPod und lausche der Musik.

Es ist moderne, aber ziemlich entspannte Musik.

Ich schaue aus dem Fenster. Felder und Wiesen ziehen an uns vorbei. Müde schließe ich die Augen und döse zur Musik.

Plötzlich spüre ich etwas Warmes, Flaches auf meinem Oberschenkel. Erschreckt reiße ich meine Augen auf.

„Sagt mal ihr Turteltauben", höre ich Stella sagen. Augenblicklich zieht Tobi seine Hand von meinem Oberschenkel zurück.

„Kommt Leonie gar nicht mit?", setzt Stella fort. Stella ist die Oberzicke der Klasse, schon seit wir zusammen aufs Gymnasium gehen. Bislang ist sie es gewesen, die im Mittelpunkt gestanden hat. Aber jetzt ist Leo ein kleiner Internet-

Star und sahnt die Aufmerksamkeit der Schule ab.

Und auch die Mädchen interessieren sich mehr für Leo als für Stella, was die ziemlich wütend macht.

„Leonie hat eine Schulbefreiung", erkläre ich ihr.

„Bestimmt muss sie Nacktvideos drehen", feixt Felix aus der Platzreihe hinter uns.

„Könnt ihr nicht endlich damit aufhören? Leo wollte nie nackt in der Öffentlichkeit sein", brülle ich.

„Und du wolltest auch nie Tobi küssen", lästert Stella.

Tobi wird auf der Stelle rot. Ich auch.

„Gosh, ich muss dringend mein Make-Up überprüfen. Ihr macht mir alle noch Pickel", säuselt Stella und rauscht endlich ab. Aus dem Augenwinkel sehe ich, wie sie dicke Schichten Make-Up auf ihr Gesicht aufträgt, während Susi ihr den Kosmetikspiegel hält. Tussis.

„Vergiss einfach, was sie sagt", meint Tobi und schaut schüchtern aus dem Fenster. Ich nicke.

„Kaffee oder Schokoriegel?"

Ein Zugmitarbeiter geht mit einem bepackten Servierwagen durch den Zug.

„Haben sie auch Detox-Tee? Ich muss dringend entgiften", fragt Stella den Mitarbeiter. Der schaut sie verdattert an und geht einfach weiter. Tobi und ich lachen herzhaft.

Eine gute Stunde später hält der Zug im Berliner Hauptbahnhof.
Für uns Kleinstädter ist dieser Ausflug wirklich aufregend. Rolltreppen über Rolltreppen laufen neben vollbepackten Reisenden in der Bahnhofshalle.
Herr Berg steht der Schweiß auf der Stirn. Laut schreiend befiehlt er uns, endlich in die volle U-Bahn zu steigen.
Neben komisch aussehenden Fahrgästen, Geschäftsmännern und Prolls fahren wir Richtung Museum.
Etwas geschafft kommen wir am Museum an. Sofort teilen wir uns in Gruppen auf und streuen auseinander.
„In vier Stunden treffen wir uns wieder genau hier!", ruft uns Herr Berg zu. Alle nicken und schauen wie unschuldige Schafe. Als Herr Berg verschwunden ist, steuern die ersten Gruppen aus dem Museum Richtung Dönerbude.

Stella und Co gehen Richtung Shoppingcenter.

In meinem Kopf überschlagen sich die Gedanken.

Was man hier alles unternehmen könnte.

Stadtrundfahrt, Shopping, Picknick auf dem Alexanderplatz, Eis essen auf dem Fernsehturm...

„Kommst du? Unsere erste Station ist die Nass-Sammlung", belehrt Tobi mich.

„Wollen wir nicht auch lieber Shoppen?", frage ich Tobi bettelnd.

„Nein. Ich möchte eine gute Note darauf bekommen. Außerdem soll die Ausstellung wirklich spannend sein", erklärt er sich. Na klasse.

„Spannend? Klamotten und Shopping, das ist spannend! Oder wenigstens echte Berliner Currywurst", jammere ich, doch Tobi zieht mich fest am Ärmel in die Ausstellung.

„Wenn wir alles auf dem Arbeitsblatt ausfüllen und uns beeilen, spendiere ich dir eine Currywurst", verspricht er, und ich fühle mich wie ein kleines Kind, das zum ersten Mal mit seinen Eltern im Museum ist.

Ungefähr so gucken uns auch die anderen Leute in der Ausstellung an. Hier stehen riesige Regale mit zahlreichen Gläsern, in denen sich eklige Sachen befinden. „Wusstest du, dass hier fast 300.000 Tiere in Gläsern lagern?", fragt Tobi mich mit großen Augen.

„Jetzt wo du es sagst, ich hatte gerade fast fertig gezählt", meine ich ironisch.

„Schau."

Tobi nimmt meine Hand. Er zeigt mir Fische, die in Alkohol konserviert sind. „Diese Fische sind uralt! Solche Arten gibt es gar nicht mehr", informiert er mich. Minutenlang erzählt er mir alles über Fische und Evolution. Es klingt sehr professionell und ich höre seiner Stimme gerne zu. Auch andere Besucher haben sich zu uns gesellt und lauschen Tobis geistreicher Vorführung.

Ein bisschen stolz bin ich schon, wie selbstbewusst er fremden Menschen von seinem Wissen erzählt.

Als er alles genannt hat, was er weiß, wird er leise beklatscht.

Etwas rötlich im Gesicht bedankt er sich.

„Du weißt wirklich viel", lobe ich ihn.

„Ich lese mal hier und da was. Aber wenn ich später studiere, kann ich noch viel mehr lernen", versichert er.

„Du willst studieren? Ich dachte, dein Kanal im Internet bringt genug Geld, was wirklich beneidenswert ist", meine ich.

„Natürlich will ich studieren. Ich möchte nicht irgendwann ohne Ausbildung arbeitslos sein, nur weil meine Follower meinen Kanal langweilig finden. Das ist eine Scheinwelt, Wilma. Du bekommst Geld dafür, dass du andere Leute belügst, wie toll ein Produkt ist. Du bist nur noch eine Werbefigur. Du verkaufst deine Persönlichkeit. Ich dachte, du hast das begriffen. Manchmal weiß ich gar nicht, wer du wirklich bist", sagt er ernst und geht entschlossen von mir weg.

„Warte!", rufe ich und sprinte hinterher. Erst in der nächsten Ausstellung kann ich ihn stoppen. Beeindruckt schaue ich nach oben. Ich stehe unter einem riesigen Saurierskelett.

„Warum rennst du weg?", meckere ich Tobi an.

„Weil du genau dasselbe tust. Immer", sagt er trocken.

„Das stimmt doch überhaupt nicht. Du rennst doch gerade weg!", verteidige ich mich. Ein Museumsmitarbeiter schaut uns böse an.

„Bitte nicht so laut reden, hier. Wenn ihr Streit habt, geht bitte nach draußen", werden wir ermahnt. Tobi stöhnt. Dann packt er mich am Arm und zieht mich in einen Gang des Gebäudes, fernab von der Ausstellung.

Hier verirrt sich kein Besucher hin. Er drückt mich an die Wand und stellt sich dicht vor mich.

„Wenn du bei mir zuhause bist, rennst du plötzlich nach Hause. Ohne Grund. Wenn ich dich nach einem Treffen frage, haust du plötzlich ab. Wenn ich mit dir in der Schule reden will, bist du meist abweisend. Verdammt Wilma, was soll das? Bin ich so abscheulich?", fragt er und schaut mich eindringlich an.

Er hält meinen Arm fest umklammert und drückt ihn an die Wand.

Ich spüre seinen Atem auf meiner Wange. Es fühlt sich beklemmend an.

„Nein, bist du nicht", sage ich schnell, damit er mich loslässt.

„Was willst du dann?", fragt er und schaut mich weiter hypnotisierend an.

Ich schweige.

„Okay, ich habe es verstanden. Ich kann das so nicht mehr", haucht er. Endlich lässt er meinen Arm los.

Mit gesenktem Kopf geht er weg, zurück in die Ausstellung. Ich sacke auf den Boden zusammen.

Noch nie habe ich mich so einsam gefühlt. Auf den kalten Fliesen sitze ich solange, bis ein Mitarbeiter vom Museum vorbeikommt. Sofort stehe ich auf und gehe weg. Ich schleiche mich durch die Ausstellung und verstecke mich hinter einem ausgestopften Gorilla. Hier findet mich so schnell niemand. Ich denke darüber nach, was gerade passiert ist. Tobi hat mich bedrängt. Er hat mich festgehalten, ohne dass ich es wollte. Glaubt er, dass ich so seine Freundin werde? Dass ich das so romantisch finde, dass ich ihn endlich küsse? Wenn er mich jetzt schon so bedrängen kann, was tut er dann, wenn wir eine Beziehung haben? Beim Gedanken daran wird mir schlecht. Ich habe mir wirklich gewünscht, mit ihm zusammen zu kommen.

Jeder in unserem Alter träumt von einem Freund, mit dem man alles machen kann. Den man liebt. Wenn ich mich mit Tobi getroffen habe, bin ich immer angespannt gewesen. Ängstlich. Nicht bereit für das, was er möchte.

„Es ist vorbei, was nie angefangen hat", tippe ich Leo als SMS. Dann schaue ich auf meine Uhr und rappele mich auf. Es ist höchste Zeit, nachhause zu fahren!

Im Zug fällt es den anderen schon auf, dass ich allein und weit weg von Tobi sitze. Tobi hat sein Gesicht hinter einem Fischbuch vergraben.

„Ärger im Paradies?", lästert Stella und alle lachen. Ein wenig auffällig ist es schon, dass Stella und ihre Freundinnen volle Shoppingtüten unter ihren Sitzen lagern. Die Jungsclique riecht verdächtig nach Knoblauch-Döner.

Mein Handy piept.

„Ganz ehrlich? Ich habe nie das Gefühl gehabt, dass es zwischen euch passt", lese ich auf dem Display."

„Er hat mich bedrängt", antworte ich Leo. Wie ich das so tippe, klingt es viel dramatischer, als es letztlich gewesen ist.

Ich glaube auch nicht, dass Tobi mir etwas Böses wollte. Vermutlich ist er nur sehr verzweifelt. Und weiß nicht richtig, wie man sich mit Mädchen verhält.

„OMG. Komm doch einfach zu mir, wenn du wieder hier bist. XOXO", antwortet sie.

„Darfst du wieder Besuch bekommen?", schreibe ich. Nach meinem letzten Kenntnisstand zählt zu Leos Hausarrest auch ein Besuchsverbot.

„Ja, alles im grünen Bereich", antwortet sie und ich bestätige, dass ich gleich zu ihr fahren werde.

Als der Zug endlich im Bahnhof hält, ist Tobi der erste, der rausspringt. Ich trotte langsam aus der vollen Bahn und fahre zu Leo.

Etwas später stehe ich vor Leos Haustür. Ihre Mutter öffnet und lässt mich freundlich herein.

Irgendetwas muss geschehen sein.

Das letzte Mal ist ihre Mutter sehr unkooperativ gewesen. Heute lächelt sie mich freundlich an und ich gehe verdattert in Leos Zimmer.

Wie immer ist ihr Zimmer unaufgeräumt.

Neben einigen Schokoladenverpackungen, benutzten Taschentüchern und Zeitungen stehen zahlreiche Papiertüten herum.

Auf den teuer aussehenden Tüten ist „Elegance" in bunten Buchstaben zu lesen.

„Warst du etwa heute statt Schulausflug shoppen?", begrüße ich Leo. Sie lacht.

„Nein, ich war geschäftlich unterwegs", meint sie.

Geschäftlich. Sie klingt wie eine Firmenchefin.

„Seit wann hast du ein Geschäft?", frage ich misstrauisch. Ihre Mutter arbeitet zwar in einem Modegeschäft, aber mit 16 kann man keinen eigenen Laden besitzen.

„Ich habe kein Geschäft, ich habe eine Kooperation", erzählt Leo stolz.

„Aha", mache ich unbeeindruckt.

„Mensch Wilma, das ist das Beste was mir passieren konnte! Als ich super viel Stress mit meinen Eltern und dem Rechtsanwalt hatte, haben sie mir angedroht, dass ich den Kanal löschen muss. Zur gleichen Zeit habe ich jedoch eine Emailanfrage von Elegance bekommen, ob ich ihre Klamotten in einem Video präsentieren kann. Ich war natürlich erst mal irritiert.

Wir haben schon oft davon gehört, dass diese Dinge passieren, aber bei mir? Meine Eltern haben dem Rechtsanwalt die Anfrage gezeigt. Der hat mit Elegance verhandelt. Sie zahlen mir viel Geld für ein Video! Heute durfte ich mir die Klamotten aussuchen, die ich präsentieren werde", redet Leo so schnell, dass ihre Stimme sich mehrmals überschlägt.

„Wow", hauche ich.

„Meine Eltern waren so überrascht, dass man mit den Videos Geld verdienen kann, dass sie die Sache aus einem ganz anderen Licht sehen. Ich darf wieder online gehen! Jedoch muss ich die Inhalte vorher mit ihnen absprechen, damit nicht wieder Katastrophen passieren. Und die Anwaltskosten habe ich damit abbezahlt. Das werden die geilsten Sommerferien!", jubelt sie laut.

Ich bin etwas erschlagen von den Neuigkeiten und auch ein wenig neidisch. „Wie...wie viel Geld bekommst du denn?", frage ich leise.

„Wilma weißt du, du bist zwar beste meine Freundin und so, aber Elegance will nicht, dass ich das weitererzähle", antwortet sie.

Schlagartig erinnere ich mich daran, was Oma Wilma manchmal erzählt.

Die Freundschaft endet dort, wo es um Geld geht.

„Du bist doch jetzt nicht eingeschnappt deswegen?", erkundigt Leo sich.

Doch, bin ich.

Ich habe wegen dir meinen Kanal gelöscht und dich immer unterstützt, denke ich. Und was tust du, Leonie?

Sie scheint meine Gedanken zu lesen und kramt auf ihrem Schreibtisch herum.

„Ich habe der Firma nur versprochen, nichts zu erzählen. Und exklusiv für dich, liebe Wilma, lüfte ich nun doch das Geheimnis", säuselt sie geschwollen. Dann krakelt sie mit einem abgebrochenen Bleistift eine beachtliche Zahl auf die Rückseite einer Kaugummiverpackung und hält sie mir vor die Nase.

„Huch", mache ich, als ich die Summe lese. Leo grinst.

„Ich konnte es zuerst auch nicht glauben. Heute durfte ich mir ganz viele Klamotten aussuchen- auch umsonst!", lacht sie.

„Das ist ja echt der Wahnsinn!", hauche ich und kann das alles noch gar nicht richtig glauben. Leo stakst zwischen den vielen Tüten herum und überreicht mir schließlich eine davon:

„Den habe ich für dich ausgesucht. Du magst doch goldene Sachen."

Überrascht öffne ich die Tüte und halte einen pinken Bikini in der Hand, der mit goldenen Glitzersteinen bestickt ist.

„Wow, danke!", sage ich und umarme sie.

„Aber du bist ja nicht deswegen hier. Erzähl schon, was war los mit Tobi?", will Leo wissen.

Seufzend lege ich mich auf ihr Bett und berichte die ganze Geschichte.

Wie wütend Tobi gewesen ist. Und dass er mich festgehalten hat.

Leo lauscht der Geschichte und wird auch immer wütender.

„Das, das kann der doch nicht machen! Dieser Fischkopf. Wenn der dir noch einmal zu nahekommt, mache ich Fischfutter aus dem!", brüllt sie.

„Ich habe ihm viel zu viel Hoffnung gemacht", meine ich nachdenklich.

„Kein Grund, böse zu werden", sagt Leo trocken.

„Wir werden wohl für immer Single bleiben", seufze ich.

„Ich kaufe mir einfach einen Freund. Jetzt wo ich reich bin", sinniert Leo.

Ich schnappe mir ein Kissen und haue sie. So ein eingebildetes Mädchen.

Sie kramt ein zweites Kissen unter dem Bett hervor und es beginnt eine ausgiebige Kissenschlacht. Wir toben so doll, dass ich sogar meinen Ärger wegen Tobi vergesse.

#11 Von Stars und Sternchen

In den nächsten Tagen ist Leo nach der Schule mit der Produktion von ihrem Video beschäftigt.

Ich habe ihr meine Hilfe angeboten, sie hat sie aber nicht angenommen. Weil sie das Video zusammen mit ihrem Cousin produzieren möchte.

Tobi ist in der Schule die ganze Zeit damit beschäftigt, mir aus dem Weg zu gehen. So kommt es immerhin zu keiner weiteren blöden Situation, auch wenn sich unsere Klassenkameraden ziemlich über unser Verhalten wundern.

Am Ende der Woche ist es schließlich soweit. Am Sonntagabend schickt Leo mir eine SMS, dass das Video jetzt online ist. Ich brüte gerade über den Hausaufgaben, als ich die SMS lese.

Gespannt lege ich das Mathebuch weg und fahre meinen Laptop hoch. Das Video ist das erste, welches Leo seit der Bikini-Katastrophe hochlädt. Da ist es besonders wichtig, wie die Fans reagieren.

Wenn es weiterhin böse Kommentare gibt, kann Leo ihren Kanal eigentlich gleich löschen.

Zumindest ist das meine Meinung zu dem Thema. In dicken Buchstaben kann ich den Titel: *„Elegance Fashion Haul mit Verlosung"* lesen.

Vorfreudig klicke ich auf den Link. Prompt erklingt eine fröhliche Melodie.

Leo steht vor einem weißen Hintergrund und begrüßt ihre Fans. Sie ist stark geschminkt und trägt goldene Hotpants. Dazu ein weißes T-Shirt und eine pinke Jacke. Sie sieht so gar nicht wie meine Leo aus, sondern eher wie ein Model aus Paris.

Nacheinander zeigt sie die Sachen, die sie sich bei Elegance ausgesucht hat.

Bei jedem Kleidungsstück betont sie, wie sehr sie die Marke Elegance mag.

Und dass sie die Marke schon seit vielen Jahren trägt.

Lüge, denke ich.

Leo und ich kennen diese Marke schon lange, das ist richtig. Jedoch hat sich keine von uns je ein Kleidungsstück davon leisten können. Allein der Bikini, den sie mir geschenkt hat, kostet im Laden 90€. Ein halbes Jahr Taschengeld nur für einen Bikini auszugeben, haben wir beide für überflüssig befunden.

Und jetzt steht Leo in aller Öffentlichkeit vor der Kamera und lügt ihre Zuschauer an. Das bedeutet ja auch, dass andere Kanäle das genauso machen. Babsi von Babsis Beauty Palace bewirbt in jedem Video mindestens ein Produkt. Jedes findet sie gut. Langsam verstehe ich, was Tobi meint.

Dass diese ganze Internet-Plattform eine Scheinwelt ist.

Eine Art Dauerwerbesendung, bei der man nicht merkt, dass man Werbung schaut. So kauft man unterbewusst Dinge, die man gar nicht braucht.

Nur weil das persönliche Vorbild die gut findet. Zumindest vor der Kamera.

Ich scrolle die Seite etwas herunter, um mir die Kommentare unter dem Video anzuschauen. Sie sind durchweg positiv. Na immerhin etwas, denke ich.

Ich klappe den Laptop zu und lege mich ins Bett. Der Mond scheint hell auf meine Bettdecke. Fast so, als möchte er mich beschützen. Vor dieser Scheinwelt, in der sich Firmen kaufen, was junge Mädchen sagen sollen.

Die Summe Geld, die Leonie für das Video bekommt, verdienen manche Leute nur mit einem Monat harter Arbeit. Was man sich davon alles kaufen könnte! Ein Top-Smartphone, die neusten Klamotten. Irgendwann vielleicht sogar ein Auto. Und ein Haus mit Pool.

Wo ich so darüber nachdenke, fühle ich mich ziemlich einsam. Wer soll denn mit mir in dem Haus wohnen?

Ich starre in den Vollmond und fühle mich, als würde ich etwas vermissen. Jemanden. Jemanden, mit dem ich gegen diese Scheinwelt rebellieren kann.

Tobi..., denke ich und ziehe mir die Decke über den Kopf.

Die nächsten Schultage verlaufen für mich ziemlich normal. Ich habe mittelgute Leistungen und bin genervt von Herrn Berg. Leo jedoch wird ständig von einer Gruppe Sechstklässlerinnen umringt.

Ihr Kanal ist an der Schule schon seit längerem bekannt gewesen, jedoch entwickelt sie sich immer mehr zum Star. Jetzt wo sie auch von echten Firmen gesponsert wird, steigt ihr Ansehen beachtlich.

Die Mädchen schreien mit piepsiger Stimme, sobald Leo den Schulhof betritt. Ein Mädchen trägt ihr ihre Schultasche hinterher. Ständig wird sie gefragt, wann sie ein neues Video hochlädt. Mit etwas Abstand zu Leo und ihrer Fangruppe stehe ich auf dem Schulhof und schaue mir das Spektakel kakaotrinkend an. Im ersten Moment ist Leo sehr erfreut über ihre Fans gewesen.

Mittlerweile sieht sie immer mehr wie ein Esel aus, der versucht die lästigen Schmeißfliegen abzuwerfen. Auch Tobi betrachtet das Ganze mit abfälligem Blick. Als sich unsere Blicke kreuzen, schaut er schnell weg und geht zurück ins Schulgebäude. Er ist der einzige Junge, dem Leos Stargehabe nicht gefällt. Alle anderen Jungs schauen ihr mit offenen Mündern hinterher. Es ist sogar schon vorgekommen, dass ein Junge ihr eine rote Rose geschenkt hat. Trotz der großen

Auswahl hat Leo bisher noch an keinem Jungen Gefallen gefunden.

„Mir fehlt außerdem die Zeit für einen Boyfriend", meint sie nach der Schule zu mir.

Mir nicht, denke ich.

„Ich habe gerade eine neue Anfrage für eine Kooperation bekommen!", erzählt sie stolz.

„Wieder eine Modefirma?", frage ich neugierig.

„Nein, diesmal hat die Firma *Lavel* nach einer Zusammenarbeit gefragt. Du weißt schon, die machen diese Lippenstifte", antwortet sie.

Lavel Lippenstifte kennt nun wirklich jeder.

„Weißt du Wilma, wenn das so weiterläuft, dann mache ich mein Abitur wirklich nicht", meint Leo ernst.

Ich erschrecke.

„Das würde bedeuten, dass du in einem halben Jahr schon die Schule verlässt!", stelle ich fest.

Leo nickt.

„Danach könnte ich mich voll und ganz auf die Videos konzentrieren. Dann könnte ich sogar zweimal die Woche was hochladen. Vielleicht miete ich sogar eine eigene Wohnung!", prahlt sie.

„Und wenn du plötzlich keine Anfragen mehr bekommst? Dann stehst du ohne Ausbildung dumm da", ermahne ich sie.

„Tzzz. Das wird schon nicht passieren. Übrigens muss ich dringend los. Ich muss mir noch überlegen, wie ich am besten den neuen *Lavel* Lippenstift präsentiere. Ciao Wilmaschatz!", ruft sie und radelt davon.

Ich seufze.

Eigentlich wollte ich mit ihr über Tobi reden.

Aber *Lavel* ist natürlich viel wichtiger. Am Abend logge ich mich bei meinem Social-Media-Account ein und scrolle mich durch die Seite.

Leo lädt ständig Bilder von sich hoch. Bilder auf denen sie sich geschminkt hat, mit neuen Klamotten, sogar mit dem neuen *Lavel*.

Diese Bilder liken nicht mehr nur ihre Freunde, sondern auch zahlreiche wildfremde Personen.

Schon komisch, denke ich. Rechts unten auf der Seite sehe ich, dass Tobi gerade online gekommen ist.

Völlig unerwartet schreibt er mich an.

„Hey du, ich wollte mich entschuldigen", schreibt er.

Entschuldigen? Echt jetzt?

„Wofür?", antworte ich, nachdem ich ein paar Minuten gewartet habe. Er soll nicht denken, ich hätte auf eine Mail von ihm gewartet.

„Für die Sache im Museum. Ich wollte dich nicht festhalten", schreibt er.

Ich halte die Luft an und merke, wie mein Puls steigt.

Was soll ich darauf antworten?

„Ja, ist schon okay", tippe ich nach langer Überlegung.

„Ich war einfach nur verzweifelt, weil ich mich in dich verliebt habe. Aber ich habe eingesehen, dass du keine Gefühle für mich hast. Ich möchte nur nicht, dass du schlecht über mich denkst und redest", lese ich als Antwort.

Okay, wow, krass.

„Nein, tue ich nicht", tippe ich schnell und zücke mein Smartphone.

Dann fotografiere ich den Bildschirm vom Laptop, sodass man die Unterhaltung mit Tobi lesen kann. Sofort sende ich das Bild an Leo.

Die sieht das Bild und ruft mich an:

„Hey Wilma, was für ein Spacko!"

„Wieso Spacko?", frage ich verwirrt.

„Keine Ahnung. Erst bedrängt er dich so und jetzt kommt er heulend angekrochen. Voll abtörnend", meint sie.

„Naja", mache ich nachdenklich.

„Vergiss ihn einfach. Andere Mütter haben auch schöne Söhne", lacht Leo.

„Ich glaube, er wollte mir wirklich nicht wehtun", sage ich.

„Ich meine, wie lange kennen wir Tobi schon? Hat er jemals einer Fliege was zu leide getan?", frage ich Leo.

„Ja du hast schon recht, irgendwie. Du hast ihm vermutlich ganz schön den Kopf verdreht. Du kleine Herzensbrecherin!", säuselt Leo in den Hörer.

Wir fangen beide an zu lachen.

Zu einer echten Herzensbrecherin fehlen mir eindeutig Lichtjahre Erfahrungen mit Jungs.

„Ich muss weiterarbeiten. *Lavel* und so", sagt Leo zum Abschluss und legt auf. Sehr nachdenklich gehe ich duschen und danach ins Bett.

Tobi tut mir ein wenig leid. Ich habe seine Gefühle ganz schön verletzt, ohne es zu wollen. Woran soll man denn merken, ob man jemanden mag, wenn man noch nie einen Freund gehabt hat? Oder wann der richtige Moment zum Küssen ist? Die wichtigsten Dinge des Lebens lernt man jedenfalls nicht in der Schule.

Herr Berg lehrt uns am nächsten Tag in der Schule wie immer unnötige Dinge.

Ich gähne gelangweilt und auch meine Mitschüler folgen dem Unterricht längst nicht mehr. Jeder schaut auf sein Handy oder tuschelt mit dem Nachbarn.

Plötzlich lacht Thorsten laut auf.

Paul neben ihm spielt für alle hörbar ein Video ab.

„Hallo meine Zuschauer, hier ist Aquatobi", kann ich hören.

Ach du Schreck, denke ich.

Bisher ist es Tobi nämlich wirklich gelungen, sein Doppelleben geheim zu halten. Zwar wissen Leo und ich davon, aber Leo hat dichtgehalten.

Die ganze Klasse beginnt laut zu lachen und zu grölen. Tobi läuft feuerrot an. Die Klasse beruhigt sich erst wieder, als Herr Berg das Handy konfisziert.

„Nicht schon wieder", murmelt der Lehrer. Ich fühle ein wenig mit ihm mit. Unsere heutige Jugend ist mehr online anstatt sich für die Schule zu interessieren.

Die Ruhe hält jedoch nur bis zur Pause. Sofort holen andere ihr Handy raus und schauen Tobis Videos.

„Hahaha, so ein Fischkopf", lästern sie. Tobi verzieht wütend das Gesicht und sagt keinen Ton. Plötzlich quiekt Leonie neben mir auf. Sie hat ebenfalls ihr Handy in der Hand.

„Lästerst du jetzt etwa auch über Tobi? Nur weil er das tut, was seine Leidenschaft ist?", mache ich sie böse an.

„Was? Nein. Guck mal!", sagt sie und reibt mir ihr Smartphone unter die Nase. Ich betrachte das Display und muss staunen. „Ich habe 100.000 Follower!", quiekt Leo und springt im Kreis. Ich bin wirklich froh, als die Pause zu Ende ist und ich mich wieder auf den Unterricht konzentrieren muss.

In den nächsten Tagen spitzt sich die Situation mit Tobi wirklich zu. Fast alle aus unserer Klasse mobben ihn und bezeichnen ihn als „glitschigen Fisch".

Ich gehe gerade auf den Pausenhof, als ich sehe, wie Paul sich vor Tobi aufbaut. Der Rest der Klasse steht im Halbkreis um die beiden herum.

„Hallo Tobi, schön dich zu sehen. Du kennst dich ja gut aus mit Fischen, oder?", fragt er gehässig.

„Ja?", sagt Tobi unsicher.

„Dann weißt du sicher auch, dass sie nie auf dem Trockenen sitzen dürfen!", ruft Paul und in dem Moment kommt Thorsten mit einem Eimer Wasser aus dem Gebüsch hervor und schüttet ihn prompt über Tobis Kopf.

Tobi ist von oben bis unten klatschnass. Wütend ballt er die Fäuste und holt aus. Er zielt direkt auf Thorstens Gesicht. In dem Moment sprinte ich los und ziehe Thorsten und Paul zur Seite. Ich fange Tobis Faust ab und halte sie fest.

„Was zum Teufel", sagt Tobi erschreckt. Der Pausengong ertönt und alle huschen zurück in die Klassenräume. Tobi möchte auch gehen, ich halte ihn jedoch immer noch fest. Wie ein begossener Pudel steht Tobi vor mir.

Ich schaue in seine tiefblauen Augen.

Sie sehen traurig aus.

„Hör auf, mich festzuhalten!", sagt er und versucht sich zu befreien.

„Hör auf, dich ärgern zu lassen!", sage ich bestimmt.

„Hör auf, mich so anzuschauen, bitte", haucht Tobi und hört tatsächlich auf, sich zu wehren.

Ich lasse ihn los und lege meine Hand auf seine Schulter, ganz sanft. Sein T-Shirt ist kalt und nass. Dann schaue ich erneut in seine Augen.

„Wieso?", frage ich auf seine Bitte, damit aufzuhören.

„Weil ich dich sonst vielleicht küsse. Und dann rennst du wieder weg und fühlst dich bedrängt und ich bekomme Ärger", meint er.

Ich spüre, wie mein ganzer Körper sich anspannt, jedoch gehe ich nicht weg.

„Ja, dann, also, okay", stottere ich.

Tobi guckt mich zuerst verwirrt, dann aber ziemlich amüsiert an. Er streicht seine nasse Hand über meinen Hinterkopf und zieht ihn zu sich. Er küsst mich sanft auf meine Lippen, nur einen winzigen Moment lang. Sofort zieht er den Kopf zurück und fragt: „Rennst du jetzt wieder weg?"

Ich bin noch viel zu verwirrt, um zu antworten. Wie versteinert stehe ich auf dem Schulhof. Das also ist mein erster Kuss gewesen. Auf dem Schulhof. Zählt das überhaupt als richtiger Kuss, so kurz wie der war? Und ist der erste Kuss immer so feucht?

Hat dir „World Wide Wilma" gefallen?
Dann ist die *Harzer Hexenclique* vielleicht
auch was für dich!

Kennst du schon?
BAND 1 der Harzer Hexenclique

„Lügen, Küsse und Harzer Spezialitäten"

„Seit der geheimnisvolle Junge mit den edelsteingrünen Augen im Harzer Feinkostladen ihrer Mutter aufgetaucht ist, schwebt Jules auf Wolke sieben. Um ihn zu beeindrucken, lügt sie bis sich die Balken des Fachwerkhauses biegen. Kann sie ihre Lüge, Harzer Wanderkaiserin zu sein, aufrechterhalten? Als auch noch die Hobbyhexe Bianca in das Haus gegenüber einzieht, und Jules Liebeszauber-Nachhilfe anbietet, geht alles drunter und drüber."

Die Harzer Hexenclique ist eine hexisch-freche Buchreihe für junge Mädchen ab 12 Jahren. Verzaubert, witzig und authentisch erzählt, dreht sich bei der Hexenclique alles um die erste große Liebe, Eifersucht, das anstrengende Schulleben und ums Erwachsenwerden. Natürlich nicht ohne die nötige Portion Magie vermischt mit Chaos.

Paperback
174 Seiten
ISBN-13: 9783757818524
ISBN-10: 3757818520
Verlag: Books on Demand

Kennst du schon?
BAND 2 der Harzer Hexenclique

„Chaos, Tarot und Brockenkuss"

Sommer, Sonne, Hexenchaos! Direkt nach den Sommerferien ist Jules schon wieder urlaubsreif. Der Klassenlehrer verkündet ein anstehendes Praktikum! Dabei würde sie viel lieber tagelang den Jungen mit den edelsteingrünen Augen anschmachten, der plötzlich im Harzer Spezialitäten Laden ihrer Mutter aufgetaucht ist. Das erste Date mit Luis geht schrecklich schief, obwohl die Hexenclique extra Liebeszauber-Muffins gebacken hat! Verzweifelt ruft Jules den Hexen-Notstand aus und lässt sich ihr Liebesglück durch die Tarotkarten der Hobbyhexe Bianca vorhersagen. Als Jules schließlich nur Absagen auf ihre Praktikumsbewerbungen erhält und Bianca spurlos verschwindet, ist das Chaos perfekt.

Paperback
202 Seiten
ISBN-13: 978-3758300257
ISBN-10: 3758300258
Verlag: Books on Demand

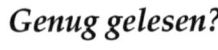

Genug gelesen?

Sag uns gerne deine Meinung!

Folge der Harzer Hexenclique auf Instagram für Updates, Hexrezepte und magische Gewinnspiele.

Sei dabei:

(QR-Code zum Instagram-Profil der Harzer Hexenclique)

Über die Autorin – Laura Bormann

Hi!
Ich bin Laura, geboren 1995 in Berlin und mittlerweile seit fast 10 Jahren im Norden Deutschlands nahe der Ostseeküste zuhause. Schon mit 11 Jahren setzte ich mich an den klobigen Computer meiner Eltern, um meinen ersten Roman zu verfassen.

Der Titel meines Werkes hieß: „Verrückte müssen Bücher schreiben".

Nach vielen Jahren abseits des Schreibens fand ich wieder zurück zu meiner Passion. Ich liebe es, jungen Mädchen mit meinen Geschichten etwas mitzugeben. Die Pubertät ist eine spannende Zeit, in der wir die ganze Welt neu entdecken.

Vielleicht entdeckst du sie zusammen mit "World Wide Wilma"?